Alabama Song

Gilles Leroy

亚拉巴马之歌

（法）吉勒·勒鲁瓦 著

胡小跃 译

本书书名选自贝尔托特·布莱希特[1]的《马哈哥尼城的兴衰》，承蒙作者后人及阿尔歇出版社的许可，谨致谢意。

---

1 贝尔托特·布莱希特（1898-1956），德国著名戏剧理论家、剧作家和诗人。

献给伊丽莎白·伽利玛和克里斯蒂昂·比歇

"既然去了舞会，那就要跳舞。"

——亨利·卡蒂尔-布雷松

亨利·卡蒂尔-布雷松（1908—2004），
世界闻名的法国摄影大师。

十一点四十分

11:40PM

午夜十二点

00:00AM

十一点四十分
11:40PM

　　此时，有的人藏起来偷窃、杀人、背叛、做爱、享乐，而我得藏起来写作。我在还不到20岁的时候就受到了一个比我大不了多少的人的影响或者说统治，他想决定我的生活，但没能做到。

第一章

纸娃娃

士兵们的舞会

突然，我们这个沉睡的城市涌来了成千上万个年轻的士兵，大多是贫穷的小伙子。他们来自农场、种植园和店铺，来自南方1918年6月诸州，而他们的长官则刚刚从军校毕业，来自北方，来自五大湖地区，来自草原（妈妈对我说，自国内战争之后，从来没有见过这么多的大兵）。

士兵们满脸笑容。他们是那么年轻，那么充满活力，吵吵嚷嚷，然后消失在我们的街道尽头，就像一群群蓝色的、灰色的或绿色的鸟，有的闪着金色或银色的羽冠，有的身上布满深浅不一的斑点和五彩缤纷的小条纹——然而，所有的鸟，不管是军官饭堂里的鸟还是兵营里的鸟，不管是分裂派还是废奴派，如果说不是妥协了，至少是联合了起来，大家很快就重新上路了，要越过茫茫的海洋，前往古老的欧洲。当时，它还不是我们梦想中的欧洲，而是一个让人忧虑的大陆，这种陌生的忧虑意味着战死在一场奇异的战争中。

如果说他们害怕，他们却并没有显露出来。大街上、郊区的机场和训练营中，到处都有舞会。（非常奇怪，是的，这是独一无二、难以解释的事情：没有一个像蒙哥马利这样的小城市有这么多的机场。也就是这个原因，我们这个可笑的小城才成了选拔年轻人的地方，然后把他们送去战斗——人们说是打仗，是行动。）

我至今好像还听见他们发出的巨大的嘈杂声：骄傲的脚步声噼噼啪啪，喧哗声和酒瓶声互相掺杂，好像两万士兵组成了一个巨大的身躯，一个青筋暴露的巨人，可以听见他的肾上腺素在咆哮，激情难耐。巨大的危险、不可避免的激战和其他暴力，要置人于死地的暴力，好像使这些人更加吵闹、更加幼稚、更加莫名其妙地兴奋。

而我们，南方的美少女们，不知道这些小伙子是怎么看我们的：也许是一群嗡嗡叫着的蜜蜂，一群蜂鸟，也许是一群狂乱的鹦鹉。每天起床和生活的唯一目的，就是等着在城里重新炫耀自己。而像我这种喜欢唱歌而父母又没有严加管教的女孩，则是在等待乡村俱乐部或谢里登兵营食堂里的下一场舞会。

爸爸曾想把我关在家里，只要士兵们还在城里，就不让我出去。他是个脸色苍白、胆小怕事的官员，一个太阳下山就睡觉的严肃的法律界人士。也许他把这些士兵当做是没有教养、道德败坏的卑鄙之人，是强奸犯，是杀人犯。明尼——谢谢妈妈——则允许我去乡村俱乐部，但不准去参加其他舞会，也不准去其他舞厅，而且午夜前必须回家。她守候到很晚，等我回家才去睡觉。那是午夜以后的事了。

菲茨杰拉德中尉才21岁，但已经很有才华了。所有流行舞他都跳得很出色，他教我跳土耳其小步舞、马克西舞[1]和飞机舞。他写了几个中篇，报纸上很快就会发表的，他对此很有信心。他很干净，风度翩翩，而且懂法语——正因为他懂法语，他从普林斯顿的军校毕业后就被任命为炮兵中尉。懂法语的人享有特权，他们很快就能升官——尤其是当你干净而注意仪表的话。他衣着讲究，几乎像个花花公子。他的军装是在纽约的布鲁克斯兄弟服装店里订做的，量体裁衣。他穿着橄榄绿的马裤，下面不是绑着破旧的布带，而是穿着一双高高的靴子，淡黄色的，加上马刺，使他看起来不像是真人，倒像是画中的一个英雄。

他不高，是的，但差几厘米的这一缺陷被他瘦削的身材、高高的额头和我不知道是什么的东西（对自己充满信心、自信，感到一种远大的前程在呼唤着你）弥补了。紧身的制服使他显得更加瘦削，而一种疯狂劲儿似乎给他额外增加了一个头的高度。女人们对此都感到吃惊，男人们也同样。他的战友没有一个妒忌他，也不会感到不安，不会的，好像别的男人都接受他的这种魅力并且加以鼓励……我哪天得好好想想这一奇特的现象。

他越是让我心慌意乱，便越让我感到生气。离开你梦想的东西。马上！

是的，每天都会诞生一场新的舞会，我全都知道。我可以在镜子前一呆就是几个小时，让自己的舞步跳得更美，让自己开怀大笑。

我用戴着白丝线手套的手抓住俱乐部的男孩和军官饭堂里年轻军官的手。我是泽尔达·塞尔。法官的女儿。未来的大作家的未婚妻。

从我看见他的那天起，我就一直在等他。

一直在坚持，为他而坚持，与他一道坚持，为了反对他而坚持。

在快乐大街的花园里，他弯下腰来看妈妈种的欧洲玫瑰，好像在品尝它们当中最鲜艳的那朵。第一次来我家，他的表现就接近完美。布鲁克斯兄弟服装店裁剪的制服干净得一尘不染，从裤缝可以看出那是出自天才之手；他金色的头发梳得整整齐齐，从中间分向两边，好像是用线拉过去似的。

"我叫司各特。"他说。

"很高兴认识你。我叫明尼·马歇·塞尔。泽尔达的妈妈。"

她很不客气地盯着他看，微笑中有一种贪婪的光芒，但没有脱下种花用的手套跟他握手。

几小时后，她对我说："我不知道你的大兵中尉是否就是你所说的那个舞王，但他无疑是我至今为止见过的最帅的男人。轮廓优美规则，皮肤细腻……肤色如桃，一头金发是那么柔软，就像是桃子上的细毛……真像个女孩子。你无法长时间留住他的。太漂亮的男人对女人来说是祸水。他们肯定会堕落……瞧他的眼睛多蓝啊，天哪！"

"他的眼睛是绿的，妈妈。我很想知道你为什么这样说，你对漂亮的男人有些什么经验？"

"泽尔达·塞尔，别放肆！你不了解你父亲年轻的时候。相信我的话，我的许多女朋友都妒忌我！"

我是个老男人的女儿。司各特在这一点上跟我相似：我们两人的父亲都很老。老人生的孩子遗传基因会有些异常，司各特说。

男人们在制服里面隐藏些什么？制服会给男人带来些什么？哦，我明白了，我清楚地感觉到了：这件制服带给男人的，正是从我这儿夺走的东西。我没有为此而反抗。那种浪漫，我把它留给战士们。我把寡妇、孤儿和残疾人留给他们。让他们自己去理解。

但我是个心肠很硬的女孩（但不残酷），我的未婚夫那么青春、那么富有朝气，他是永远不会去打仗的。去他的军饷和升官吧！我为我们俩安排了别的计划，我要制止他上前线。欧洲，我们会拥有的。我们会去，但必须是站在头等舱的甲板上。而且不穿军装。

我一生中最美丽的夜晚

1918年

宣布停战了。司各特在谢尔丹军营找到了适合自己的位置：他当了雷安将军的副官，或者说是将军从事社交活动的秘书。他们天天举行庆典，不分时间地点。昨天，他们检阅了部队。吹军号，鸣炮。全城的人都赶来看这些失业的士兵，士兵们非常自豪。司各特这个可怜的傻子，骑术太差了，刚刚上马，就当着将军的面摔了下来。将军非常惊愕，但他也像大家一样，拼命忍住笑。

可怜的傻子，舞场里那么出色的骑士却不会骑马。

但他把日常舞会管理得太好了，将军还是很喜欢他，给了他更多的钱，让他在乡村俱乐部和城里的其他地方组织热闹的晚会。他经常带我去，我这个南方的傻妞，从来没有见识过那么豪华的场面。

他很快就要复员了，要走……年轻的男人，只要有点血性，

24

谁会留在蒙哥马利城呢，哪怕是为了爱情？

4个月前，7月27日：司各特派了一辆敞篷马车到快乐大道来接我。法官竖起了眉头，明尼折了一枝玫瑰，别在我的胸前，车夫放下了脚蹬。当我坐着这辆古老的马车穿过城里时，我隐约感到有些羞耻，觉得自己是个傻子，是个骗子——我是个篡权的女人，还是个一夜公主？那是我的18岁生日，我祝愿大家都这样进入成年。司各特动作潇洒，无论哪个情窦初开的少女都会受宠若惊，但在这种潇洒中，我感到受了冒犯，觉得被人控制了，好像自己成了个玩具——我会骑马，我讨厌那个穿着奇装异服的车夫：我真想亲自去赶那辆马车。乡村俱乐部的贵宾席上，起码有八九个军官，司各特神气地看着他们，充满自豪、傲慢和挑衅。那些年轻人都把自己的那份晚餐和点心让给我，有些人还十分幽默，借着香槟酒的酒劲儿，我们笑翻了天，第一道菜还没吃完就醉眼蒙眬了。"菲茨杰拉德中尉，我的帅哥，你给了我一生中的最美丽的夜晚。"

我们俩在舞池中旋转。在大家羡慕的目光下，我们飞舞着，脱离了众人的视线（尽管看不见他们，但我能猜到，感到他们的目光在尾随着我们，偷看我们迎风展翅的舞姿）。"都是父亲的错，"他说，"他让我学舞蹈。沙龙舞，还有形体课、礼仪基础。你明白吗，宝贝？命运刚好相反，我们失去了社会地位，而父亲却丝毫没有意识到。在困境中，在艰难中，我们接受了我们这个姓氏所要求的和配得上的教育。因为我所拥有的这个姓氏缔造了这个国家，是的是的，竖起你的耳朵！"他唱起了国歌，这陈年旧曲，或者说是平淡无奇的歌曲，穿着节日盛装在此跳舞的孩子和大人，大家都感到非常自豪。国歌是他的曾祖父作的（或者是叔公，被爱尔兰移民弄乱的家谱学让我都不知如何排辈了）。我想就那个先辈的诗开个玩笑：

> 如果事业是正义的，我们就该去征战，
> 我们信任上帝，这将是我们的座右铭。

我惹他生气了。如果男人神气活现，高谈阔论，我就不知道怎么回答他们。我真想逃离他们，在隆冬季节潜入地底。

然而，最后逃离的，却是男人们。这是他们的特权：他们消失了。

· ·

那个如此美丽的夜晚，空气中弥漫着忍冬和紫藤的味道。现在，我又回忆起那个令人窒息的夜晚，心情复杂，既充满感激，又忐忑不安：性冲动很快就让人按捺不住了。喝了酒之后，我感到很不舒服，突然觉得那八个小伙子在一起不断地乱摸、乱抓、乱抱，互相喂食，互相对骂，然后又互相亲吻起来，不再吻脸，而是吻嘴了，并发出巨大的湿漉漉的声音，他们觉得这就是阳刚之气——天真无辜。出于对我的尊重，他们把我撂在了一边。这是第二天他们自己私下里说的。那时，他们还嘴干舌燥，说话不

26

灵便呢！

同是在这两天，我还来不及寻思自己为什么会产生那种朦胧的感情，为了感谢司各特，我去了城里的一个金银匠家里，让他在一个小瓶子上用银字烫上了这几个法语单词：

NE M'OUBLIE PAS [1]

那个美丽的小瓶子将很快发生作用，我现在回想起来，那是个奇特而让人犯罪的礼物啊！司各特几次弄丢了它，然后大骂自己，责备自己为什么要从上衣口袋里拿出来，最后，他像个疯子一样去寻找。他可以在半小时之内把旅馆的房间或整个屋子翻个遍。可以看到他越来越不安。但究竟担心什么呢？担心失去了他心爱的宝贝，还是怕失去这个宝贝里面的东西——杜松子酒、玉米威士忌或是别的走私来的美国威士忌？

"别忘记我"：这难道不是真话吗？喝酒既是为了回忆也是为了忘却。同一枚奖章的正面与反面。这枚并不光荣的奖章就叫做不幸。

• •

啊！别出声！沉默一会儿。巨大的空白出现了，它好像用棉絮和乙醚包住了我们脑袋上的裂缝。

---

1 意为："不要忘记我。"——译注

今晚没有足球赛

1919年3月

司各特在纽约。几个月来，他从那里给我写来许多热情而怪异的信。有一天，他求我嫁给他；第二个星期，他又抗议说，婚姻会妨碍他的作家梦。从那里看来，从那个不夜城看来，他一定觉得我太自以为是了，缺乏教养什么的。不像人们梦想中的那些女孩，脸上涂着冷霜，穿着缎子衣服。那些装腔作势的女孩，目光滞呆，吞云吐雾，包裹在蓝色的烟雾当中——她们的嘴唇涂得鲜红，嘴上叼着烟头染成银色或金色的长长的香烟，让男人们大惊失色。

回来还是不回来？我好像并不在等待。我每天晚上外出，但现在，军队都走了，街上空荡荡的，蒙哥马利的夜晚又恢复了昔日的样子。外省一座寒酸的小城，在寒风中瑟瑟发抖。

父亲想给我介绍一个对象，给自己找一个理想的女婿，也许是找个自己梦想中的儿子。他只有一个儿子，一个怪异的长

28

子——我已经死去的哥哥——他毫无政治野心，唯一的志向就是写作，完全逃避那个法官和议员，也就是生养我们的人，安东尼·塞尔。

那个如此出色的小伙子，我见过他。他打算买我。那是个首席代理检察官，大家都预料他能在职业上登上最高峰。此人脸色苍白，体弱多病，总是一副苦相，看上去不像是个审人的检察官。我发誓，每天晚上，当正常人，当充满生气的人在阳台的阴凉处喝上一杯，然后等待上桌吃饭的时候，他会净手祈祷，就像我父亲一样。父亲在同一时刻也可能在做同样的事情。

"唉！今晚没有足球赛！"妈妈拥抱我的时候，想起了我夏天戴的那顶女帽。那是我为南部联盟的冠军弗朗西斯·斯塔布斯戴的——其中的含义，只有她和我能够明白。

当时，明尼是我的知心好友，她非要扮演这个角色（拥有对我的这种权利），所以小心翼翼地不向我当法官的父亲背叛我。告诉他，就等于把自己的一部分权利出让给他。

不，这不仅仅是指本季的足球运动员有一张漂亮的脸和暴躁的脾气。明尼忍不住地向大家暗示（她朦胧的目光常常云雾缭绕，笑声被吞回喉咙，浑身总是打不起精神），她后悔嫁给了我父亲。这对他的女儿们来说并不是秘密：明尼想当演员和诗人。由于没有达到目的，她便用三段细线和纸做的服装去少年宫演戏。以前，《蒙哥马利基督报》发表过她的酒神颂歌。我们是她的乖乖女，戴着白色的手套，一边笑一边拍手。

妈妈是否认为我在实现她的梦想，弥补她的失望？我说过，我要根据自己的意愿嫁人。我喜欢足球。我喜欢像男孩一样奔跑、爬树，在建筑工地走房梁。那个灰头发的男孩把我带到了乡村俱乐部，他接受了父亲提出来的条件：不准开快车，不准喝酒，不准跳下流舞。他的汽车甚至连车篷都不能拆，车速慢得让人绝望。"开快点！快点！"小伙子嘟囔着，红着脸，但不加速。在俱乐部里，我遇到了雷德，他要去奥本参加泽达·西格玛联谊会的一场大学生晚会。"Z.S."[1]，是的，是的，那是两年前五个足球运动员为我成立的团体，其中两人后来成了国家级冠军。我求他等等我。我猜他胀鼓鼓的上衣口袋里一定藏着那个小酒瓶。我一饮而尽。拉格泰姆音乐一响起来，我就像个疯子一样跳起舞来，裙子高高地掀到了大腿上，都看得见里面的底裙了，也许被看见得更多。这个年轻的小伙子脸红了，向抽烟处逃去。

去奥本之前，雷德想绕道去趟弯道。"去吧，别害怕，不就是走私点东西吗？"车子上了一条小路，前往通向水库的弯道。他把车子停在一棵树下，突然就把手压到我的双腿之间，像个外科牵开器强行进入。"行行好，让我进去吧，至少要把底裙脱下来。我知道你跟肖恩干过。"我说："我不愿意，雷德，我们去跳舞吧，晚了就没有威士忌，没有烧酒，什么都没有了。把你的手拿开，雷德。"他说："起码也要吻吻我，行吗？"我最后终于吻了他。我让他把嘴唇贴在我的唇上，但我闭着嘴。他一定要把舌头伸进我嘴里，他劲儿大得很，我不得不松开嘴唇，

---

1 Z.S. 即泽尔达·塞尔的英文字母缩写。该团体为泽尔达的崇拜者所组织。

但还是咬紧牙齿不张嘴，不行。于是，抚摸着我的脖子的手，足球运动员的手，像钳子一样卡住了我的下巴，弄得我的双颊很痛，我被迫张开嘴。我发现他的舌头很大，很粗。他的另一只手伸到了我的胸衣里面："你不发抖？其他女孩在这个时候总是发抖。"我把自己的乳房从他那只湿淋淋的章鱼一般的手中挣脱出来，说："不，雷德，我不怕你。你不是厄比·琼斯，厄比·琼斯太漂亮了，他一摸我的脸颊，我就六神无主。可是你呢，你只有可怕的呼吸声，双手湿淋淋的。"这个坏家伙，解开了裤裆的扣子，说："厄比·琼斯是个鸡奸者，我们在更衣房淋浴时他偷看我们。"他一把抓住我的左手，把它放在他烫烫的黏糊糊的那玩意儿上面："来吧，公主，来吧。亚拉巴马小姐，抚弄它，把它想象成厄比·琼斯那个鸡奸者又软又香的东西。"一秒钟后，他大叫着跳上汽车跑掉了。我才不在乎他怎么说别人，他那是为了报复：我是法官的女儿。我在手套箱里找到了一包烟和一瓶玉米酒，把它们统统塞到我的胸罩里面，然后徒步回城，手里提着鞋子。在威廉·塞尔大街，粉红色的玉兰已经开花了，散发出浓烈的香味，但我闻不到——我满嘴都是酒味、烟味和雷德的吻给我留下的苦涩的回忆。

在一个有一两条街以我的姓氏命名的城市里，我还能出什么事？我可以整个晚上独自在街上游荡：我是法官的女儿，某议员和某州长的孙女。我们建立了这座城市，建造了它最早的那些大厦、市政厅和教堂。好心肠的人可能会信口开河，添油加醋。母亲非常傲慢，但想象力不够丰富，她无法相信，生活那么放荡的女儿，竟然也会被人爱上。这就是明尼·马歇·塞尔的矛盾之处：她的出身和婚姻使她成了良好教养的象征，她就是不成文的法律，这种法律只有她自己能违反和歪曲。但在她的心底，有一口欲望枯竭的干涸的井，她应该清楚地知道，她没有那种气质，缺乏必要的疯狂，所以没能像我最好的女友塔卢拉赫[1]那样，最后成为一个演员。她不敢做被人认为是不得体和不光彩的事情。而塔卢拉赫跟我一样勇敢，像我一样是个假小子，我们俩无恶不作，会把我们当拓荒者、当州长、当议员的祖先气得在坟墓里不得安宁。他们都是名人，没有埋在普通的墓穴里，而是埋在小型的希腊塔下。是的，是的，他们没有意识到自己的可笑，自己的虚荣。塔卢拉赫做得出母亲不敢做的事，抛弃家庭，在灯光下和舞台上实现自己的梦想。站在街头当妓女又怎么样？玷污班克黑德这个好像了不起的姓氏又怎么样？很快，她就会有大写的生活，XXL那样的生活。她大写的名字将在百老汇、好莱坞大道及全世界大街上的霓虹灯中闪烁：

> 《污点女士》
>
> 乔治·丘克导演
>
> 塔卢拉赫·班克黑德主演

她的名字让她的同时代人眼花缭乱，年轻人，不那么年轻的

---

1 塔卢拉赫·班克黑德，美国戏剧界带有传奇色彩的女演员，1902年生于亚拉巴马州，父亲是美国参议员。她十五岁在当地选美中得胜，后去纽约，开始艺术生涯，她的演出在英美两国都大受欢迎，代表作为《私生活》。她曾在希区柯克导演的《救生艇》中担任重要角色。——译注

人，诚实的人，道德不那么完善的人，一群群女孩和成年妇女在黑暗中惊讶得合不拢嘴，妒火中烧，羡慕她们永远也当不了的大布娃娃。这个女主人公在任何地方都是王后，周游列国，在一个叫做电影院的星球上频频出现，在银幕上扮演各种角色，受人尊敬，也遭人忌恨，"她很漂亮，但差一点儿就成了世界上最可笑的人。"她有点像以悲剧结尾的童话中的仙女，她来得太晚了，原先设计好的幸福结局被破坏了。其实，她并不会妨碍任何东西，既不会妨碍已遭破坏的希望，也不会妨碍随之而来的悔恨。她仅仅是一个给人以安慰的仙女，拯救人的仙女，每周一晚，每晚一两个小时。第二天早上，得到安慰的观众们该干吗还是干吗，回药店卖药，在家带孩子，再或者，在妓院里陪嫖客上红色的床。

他们站在阳台的阴凉处。那个理想的旧女婿肯定警告过他们，说我要溜，应该说是要逃跑。听到我的脚步声，父亲便打开了落地灯。这个可怜的法官像条挨了打的狗。落魄，隐约还有点讨厌。明尼似乎想起来什么事情都应该有个度。18年来，我一直是她的骄傲。我的下作和放肆使她重新昂起了头，面对着别人的飞短流长，她内心里感到有一种骄傲。但那天上午，我成了她的耻辱。"你的白手套怎么了？"我耸耸肩。"过来！张开嘴，呼吸！"我想起了雷德那个流氓，想起了他让我喘不过气来的苦涩的舌头和向我贴来的那张嘴，而在下面，肖恩的手指头伸进去过的地方，就像敌方的三角洲，更加神秘，更让人觊觎。

亚拉巴马河长312英里，发源于韦塔姆卡，由于它曾是法国的殖民地，长期以来被叫做图卢兹港。"雷德，把你的魔爪缩回去，否则我就让你坐牢。"它穿过莫比尔的三角洲后，注入墨西哥湾。"莫比尔太漂亮了，"厄比·琼斯曾说，"哪天我带你去。"要是厄比·琼斯在那该多好啊！不，厄比·琼斯周六不踢足球，厄比·琼斯周日不去牧场，他读法国小说，然后借给我读，不道德的小说。非常精彩。

早上，我在门缝底下找到了我虚伪的母亲写的一张字条（"我们的母亲都像维多利亚时代的女人。" 司各特常这样说）："如果你抽完烟再喝点威士忌，你就可以不要你母亲了。如果你要做出妓女那样的动作……"

抽烟是被禁止的——但妈妈的家族是靠烟草发家的。无边无际的烟草种植场，一直到弗吉尼亚州，到马里兰州。我是法官的女儿，某议员和某州长的孙女：我抽烟、喝酒、跳舞、走私，想和谁和谁。我一个眼色，基地的飞行员就会互相打起来，当我最后答应跟他们跳舞时，我看到他们金灿灿的脸上露出了小酒窝。其中有两人为了争夺我，鲁莽地顶撞起来，他们的双引擎飞机脱离空中的军事走廊，朝快乐大道飞来，飞过我们的花园上空时，他们在天上做起了花样，俯冲、翻筋斗、轰鸣——滑稽之极，激动人心，颇有骑士风度，连明尼都对他们这般向她的金发娃娃致意而感到自豪。有一天，运气不好，或者说是由于疲惫，一架双引擎飞机盘旋着升空，在四周的花园里，人们都听见了飞机的轰鸣，后来，又听见远方，在远离城市的地方，一声迅猛的巨响，飞机坠毁了。屋顶上方升起了一条长长的火柱。在汽油的味道中，两个年轻的躯体化作了浓浓的黑烟——前一天晚上，他们修长的大腿还在跳舞，长着雀斑的脸上露着笑容，散发出年轻小伙好闻的体味和浓浓的香皂味。他们皮肤柔软，刚刚洒过古龙水。由于跳舞，他们的额头上已沁出了汗水，混杂着身体的味道，这种野水禽般的香味让人心慌意乱。我沉浸其中，被他们紧紧地搂在怀中，很害怕，很兴奋，也很幸福。

他们的消失持续了两分钟——像柴堆燃起的熊熊大火，明亮、猛烈、迅速，就像它所吞噬的那两个年轻人。当时，我好像歇斯底里起来——第一次——人们给我注射了吗啡，让我镇静下来。

那次事故之后，城里的很多人便说我是个金发魔鬼。黑色和金色的，是的。

我是一头蝾螈：我穿过大火却不会烧着自己。正因为如此，我才赢得了我的名字，因为明尼非常喜欢书中的泽尔达，那是一本被人遗忘的小说中的女主人公，书名就叫做《蝾螈》——书中的那个泽尔达是一个骄傲的吉卜赛舞女。

今天上午，我收到了一个小包裹，里面有个上世纪的订婚戒指，这一定是他从母亲手指上撸下来送给我的。男孩们好像都这么干，剥夺母亲的东西，献给他们的未婚妻。在赠言中，司各特写道："今天上午把我的正式请求告诉你父亲。"

法官什么也没说。

35

乡下人的王后

1919年6月

我说过,那个中尉没有汗臭。他身上很干净,只有清新的香味和高级衣料好闻的味道。这个男人好像是植物做的,雨淋在他身上也会变成多情的露水。

我曾为他担心,他来自寒冷的地方,来自五大湖地区。而亚拉巴马湿热的三伏天让人窒息,许多来自北方和中西部的人都感到难受。但他从来没有抱怨这种蒸汽浴,也没有感到窒息和出汗。

我那个当法官的父亲,那个可敬的父亲,要我提防所有因身体需求和动物本性而春心荡漾的男人。("畜牲。"朱丽娅姑妈一边扣上我衣服最上面的扣子,一边这样总结道。我年老的姑妈把他们当做是追逐女人的粗鲁丈夫。)那个中尉是个真正的男人,还只是个讨女人喜欢的花花公子?那些男人会信守自己的诺言吗?可以真的把自己的未来交给他们吗?他发誓半年以后一定要成名,怀里揣着鼓鼓的美元回到蒙哥马利。可

36

是，他的小说，没有一家出版社愿意出版。他把那本小说叫做《浪漫的虚荣者》，这个书名太奇特了，哪怕指的正是他，指的是我们，20岁的我们。当然，他不听我的意见，对他来说，只有和他在普林斯顿同寝室的温斯顿和毕肖普的恭维才是重要的。他们也想写作。那些年轻的家伙都想当作家？他们有什么资本？有了钱，出了名就算了吧，还当什么作家！

如果明天还没有任何来信——不管是不是以文字形式——如果没有来一份电报明确说"我要娶你"，并确定一个日期，我就毁了我们的婚约。他人不在，信却特别多，所以我能保持耐心。

> 我的宝贝，我想你，你知道。
>
> 我像企鹅一样工作，只为了你能为我而骄傲，为了让你最后能接受我。白天，我为广告商写无聊的广告词，如果我的哪句愚蠢的口号被接受了，那我就走运了。晚上，我继续写我的小说，我也给报纸写故事。半年里，我的宝贝，我收到了无数退稿信，我把他们都用图钉钉在了房间里的墙上，四面墙已钉满了三面。不，我没有夸张。我没有喝醉，没有想为我向你作出的允诺贴金的意思。这样说吧，退稿信足有几百封。可你知道，我充满希望。直到作品发表那天，我才会坐上回蒙哥马利的火车，行李中装着要献给你的已经印成铅字的样书。我希望你能在一个最美好的日子里见到我，你会发现，我是多么需要你。
>
> 你的菲茨

亲爱的傻子，如果仅仅是为了我，不要这样折磨自己。我愿意毁约。我现在有三个追求者，其中一个答应娶我，然后我想去哪里就带我去哪里。如果我愿意的话，明天就可以成行。

X夫人

别再自欺欺人了，泽尔达·塞尔！

毁灭，这是军队里用的词。但现在仅仅是个间歇，暂停，中途休息。我会回来找你的，你看着。你死了，我也许会感到无所谓，但如果你嫁给别人，我绝不能忍受，尤其是嫁给那个娇生惯养的小塞勒斯。

你姐姐告诉我说，他高大而强壮，他那野兽般的玩意儿让女人喜欢。我尤其可以想象得到他很有钱，他父亲有那么多棉花！你躺在他车中的后排座位上，不是吗？这太独特了，太有尊严了！

当我成名的时候——快了——他对你来说将只是一个令人难堪的回忆。

爱你的那个家伙（你找不到比他更好的人了）

附注：我们第一次做那事的时候，你白白的双腿乱蹬，大声叫疼。你是个蹩脚的演员，非常幼稚：我明显地感到你并非处女。

＊

六天过去了，没来一个字。

这个男人好像不流汗——可能也不流泪，我推测。我很诱人，也很让人不安。

我在三个校园被选为年度王后：亚拉巴马大学、佐治亚大学和塞沃尼大学。两年前，我可能会激动，感到受宠若惊。现在呢？嗯……当琼斯·德西雷·迪尔博恩想送我回家时，我刚刚得了塞沃尼大学的荣誉。我们在走私犯常去的弯道那里停了下来。他很胆怯，很笨拙：他想吻我，却只碰到了我的左耳。"请别这样，"我对他说，"你是个好孩子，别像其他人那样。"他突然脸色发白，下巴僵住了。"你在等他，是这样吗？你在等那个大兵回来？你梦想中的作家，他也许在你的梦中才能成为作家。"我说："是的，我在等。是的，我等累了。我不想再在这黏糊糊的空气中浪费我的时间。我喘不过气来，这种潮湿……这种黏人的皮肤的灰尘……你知道我得过哮喘病吗？你知道这里的空气是最不利于呼吸的吗？"

"嫁给我，我带你到大浮冰上去度蜜月，一个穿皮毛大衣的巫师会把你的哮喘永远治好的。"

"谢谢你，约翰·D，你很滑稽。可你有什么资本来娶我呢？如果我是个男人——如果我不是被迫地像其他女人一样要通过这样方式在社会中得到了一个位置——如果我是个硬汉，我是不会结婚的。"

"可你在等他，你会嫁给他的。"

"哦……我已经不像以前那么爱他了。不像去年。我甚至在想，我是否像大部分人所理解的这个词那样爱他。距离使我不安。当他远离我的时候，我觉得我们的故事空了，逃往四面八方，很快，它将变成无实际内容的夸夸其谈，变成一种幻灭。与他分离时的感觉太可怕了。"

"我来弥补这种分离，天天守在你的身边。我会让你幸福，让你心花怒放，让你比今天更加开心。"

"如果你是想吻我，那我们现在就吻吧！"

"你不该这样说，泽尔达·塞尔。这话从一个女孩子嘴里说出来太不文雅了。"

"可我不在乎，除非这让人痛苦。第一次吻的时候，我感到太难受了，竟然晕倒了。那是和小塞勒斯，就是那个有遗产的人，是的，在泽达·西格玛一个烟雾腾腾的房间里。后来，两年后，我又和那个中尉吻过。很难说我是不是痛苦。当时，我们俩都醉了。但醒来的时候，我流血了。如果你愿意，你可以成为第三个。别再用像'嫁给我'这样恶心的蠢话来烦我。"

他脸色苍白得像个死人，声音嘶哑："我也许不是最英俊的也不是最出色的，泽尔达·塞尔，但我心肠好，也不傲慢。不要利用我来跟你的未婚夫断交。"他停了一会儿，声音又坚决起来："不管怎么说，如果你希望的，是走向世界，那就选择大兵当操纵杆吧，他会让你梦想成真。至于我，我永远不会离开我的南方。这是最佳的土地，是世界上最高贵、最干净、最勇敢的地方。"

"阿门！"我说。在琼斯·德西雷·迪尔博恩潮湿了的眼睛里，我像照镜子一样发现自己是个魔鬼。

第二天，我就写信给司各特，对他说我要嫁给弗朗西斯·斯塔布斯，他给报刊设计封面，在全国比赛中赚了很多钱。"真滑稽，你们的名字相同。但所有的比较到此为止。"[1]

斯塔布斯开车带我去亚特兰大，在布克黑德富豪区指着一栋房子对我说，那就是我们以后的房子，我们将跟市长做邻居。在佐治亚州，一切都更加高大，更加威严。市长住在一座白色的大厦里，四周有古老的柱子。"如果我没数错的话，有18根。"

我们未来的房子，斯塔布斯和我的房子，已经有8根柱子了。

---

1 菲茨杰拉德的全名为弗朗西斯·司各特·菲茨杰拉德。

龙卷风

1919年8月

昨天，我在《时髦人士》杂志看到了你发表的第一个中篇。你一定感到很自豪，菲茨，我的傻子。可惜啊，照片上的你像个种菜的农民。

你英俊的脸上有了皱纹，头发烫了，一副怪样，像个电影女演员，亏我还认得出来。眼圈抹过了，眼皮上涂了太多灰色的脂粉，睫毛涂得太黑。你绿色的大眼睛那么明亮，为什么要把它弄黑？弄得这副怪模怪样有什么意义？这种涂脂抹粉的事情和女孩子的游戏就留给我来做吧！

你应该显得更加尊严，菲茨，我的朋友。别这样受人操纵，除非，你真的喜欢扮演这种不说话的洋娃娃。去年，你口袋里没有分文，却到纽约最高级的裁缝店里去订做制服，那是多么讲究啊！你说，我是旋风，可你看起来也不像是个造币机，不像是赌场的陀螺啊！一个男人，难道需要用衣服来缓和战争吗？而且，你为什么这样规规矩矩？为什么晚上不带我开车兜风？在你这个士兵的血管里流的到底是什么呀？是因为缺少勇气，还是我不够吸引你？我很丑，很粗鲁，或者，你是另一个厄比·琼斯？

我对妈妈说，明天，你将是美国最伟大的作家，然后，是全世界最伟大的作家。妈妈说我疯了。

我一直想告诉我应该喊父亲的那个落后于时代的法官，详细告诉他你收到了报纸和广告商寄来多少稿费，让他不得不同意我去追求自己不幸的命运。那个男人，他的危害性是让人难以置信的。

我剪了一个男孩头，这是我发过誓的，尽管我并不喜欢这样。那天，迫使我做南方女人的金色鬈发无力地落到了地上；那天，一想起父亲生气的样子我就感到高兴，瞧他拉长了脸，脸色苍白，声音嘶哑，唉声叹气，破口大骂。他得把自己的诅咒嚼烂、消化，然后吞回肚子里去。

我很想解开可笑的胸衣，把它扔了。他会羞得无地自容的——他肯定会这样——而且也会在别人用石头把我砸死之前求当地人饶恕我。

你会娶我吗？你是不是真心想娶我？如果是真的，那就快点。像个男人一样跪倒在我面前，我还有别的求爱者，比你更有优势的求爱者。我想走，逃离这个丑恶的伊甸园。伊甸，是你这样说的，因为对我来说，那是野心的坟墓。

我清楚地知道我们比一般人有钱一些——而你，你的家庭，也是体面的，并不真的很穷，但日子过得很局促。这些事情会解决的。让它们去吧！

我开玩笑说：我见过劳伦斯·塔拉比[1]用显影水冲出来的底片。这当然是说着玩的。我得承认，排除可能会有的个人好恶，菲茨和那个出色的沙漠驼队冒险家长得很像。当然，我这是在说笑。

1940年
海兰医院

我奶奶塞尔夫人在一次英式猎鹿中被一头公鹿刺伤了。我想我没有跟你说过。我当州长的爷爷便下令禁止在全州猎鹿。于是，大家开始诅咒塞尔家族。母鹿大量繁殖，林中的鹿破坏了小树，种植园里到处是鹿，它们开始报复，报复破坏了它们的森林的人，毁林造田，母鹿和公鹿没有东西可吃，除了棉花。谁会吃棉花？（如果不是棉花，那就是烟草。）

小时候，我常常从睡梦中惊醒，梦见那头杀人鹿还在四周游荡，它所出入的每座森林里都挂着奶奶的一个耳环。如果我乖，它会送我钻石耳环，把我驮在背上，远离这个让人悲伤的南方，远远地，远远地离开这个阴森森的地方。

1919年9月

昨天，我收到了一封电报：斯克里布纳出版社接受了他的小说，但改了他的书名，这可不太好。另一部中篇明天将在《周六晚邮报》上发表。成功即将来临，我不怕了。

---

1 即托马斯·爱德华·劳伦斯（1888－1935年），英国考古学家，探险家，作家，曾率沙漠驼队远征。——译注

和你在一起，傻子，我什么都不怕。我知道我们将完成伟业。你会把我带到北方，带到你童年生活过的那些城市，布法罗，尼亚加拉，我们将一起跳进瀑布，看谁浮出来快。当然是我快，因为我轻，比你这个普林斯顿笨拙而英俊的小伙子灵活多了。

我好像在开玩笑。我可不会开玩笑，但愿你知道我在挖苦之余是多么爱你。我是多么……想你啊！

这个主张很好，我们就在你的书进书店的那天结婚。双重的庆贺。永无结束。

纽约，比尔特莫尔酒店，2109号套房

明尼曾问我："你不会还打算嫁给那个小伙子吧？"看到白金钻石手表，她的脸马上就变得通红，胖胖的圆脸颤抖着，1920年胸气得鼓鼓的，看上去就像是只肥胖的企鹅。"一个酒鬼，你跟他会有什么前途？……一个花天酒地的男人，一个只知道玩的人！……让肥皂商的儿子滚出门外！"

我说："一个能给未婚妻送这种礼物的年轻人，我不会把他叫做花花公子。好莱坞花了一小笔钱买了他的作品的版权。"

她说："好莱坞！可怜的冒失鬼！钻石和虚情假意可不能当饭吃。你这种庸俗的念头是从哪来的？"

我说："她母亲还有些财富。"

明尼说："在他们那里，这还能挽回面子。在这儿的社会可没法呆下去。"

我说："可是，这不重要，因为我要走。"

46

从母亲的眼里，我看出来战争马上就要爆发了。

我要跟一个社会地位低下的人结婚，这消息很快就传遍了全城。司各特什么都没问，但凭着灵敏的直觉，他在来车站接我的那天已经猜到。那天，他把我抱上车后，马上回到了纽约。我所有的女友都在场（她们看到手表时都惊讶不已，看到司各特登在《邮报》上的照片，她们又睁开了忧郁的眼睛。报上有一幅他的椭圆形小照片，下面是他的第一个中篇，题目带有赎罪性质：《堕落的孩子们》）。她们献给我一大束红色的茶花，姑妈小心地把一个栀子花环别在我的头发上。是的，我的奶妈在场，我的朋友们也在场。肖恩也在，还有厄比·琼斯，他们来告诉我说，不管我走到哪里，哪怕我消失了，他们也会永远爱我。我的父母没来，我的姐妹们也没来。

司各特瞪着他绿色的眼睛，好像在问我。我摇摇头。他脸红了，整个脸如火烧一般，我以为他要中风了或是怎么的。他咬紧牙关，绿色的眼睛冰冷冰冷的。一个前途尽毁的父亲，一个失业的父亲，一个无能的父亲，靠老婆家生活。我可怜的女儿，你可不能再贬低自己，嫁到这样一个垃圾家庭里去。

关于司各特的痛苦，除了这种他与生俱来的耻辱，我知道得并不多。由于家道中落，由于家境贫寒，便想在一个富裕的社会里挣扎，我不知道人处在这样的环境中会有什么感觉。他母亲用光了父母遗留给她的钱，全都给儿子交私人中学的学费了。司各特有个好伙伴，叫汤姆，汤姆每天让司机开着车来接他一起上学，还有弗朗西斯。当然，由于想恢复自己的地位，他忙得晕头转向。他还和汤姆一道去萨米特大街上舞蹈和形体课，明尼苏达州圣保罗城的精英，也把他长着青春痘的孩子们送到那里学华尔兹和礼仪。

1940年
圣诞节

· ·

　　啊！傻子，我的宝贝，我的小丑！……他和我是多么相像。一生下来就像。两个喜欢社交生活的舞迷，两个被惯坏的孩子，让人难以忍受，而且两人的父亲年龄都很大。他和我一样，在学校里表现都很一般。一个出色的双人组合。"可以做得更好"，两个永不满足的人，命中注定要永远失望下去。

　　我们有那么多共同点。在《纽约客》的一场访谈中，威尔逊[1]，那个勇敢而诚实的老人昨天说，最奇怪的是我们长得很像，"甚至在结婚之前，他们就像是一家人，"他说，"就像哥哥和妹妹。这太奇怪了，这是他们身上众多奇特的东西之一。"

　　我从来没有注意到这一点，但我回想起有天晚上，在我们下榻的阿尔贡甘酒店的套房里，我化了妆，把头发梳向后面，中间留了一条头路，用了一整支美发膏，然后穿上司各特的衣服（我想，这是他在军官饭堂里穿的衣服，深蓝色，银丝翻边，裤缝是缎绦的，衣扣上刻着皇家的鹰徽），在光光的脖子上系上一条黑色的领带。衣服很合身，好像是为我订做的，我的腰很挺，胸部扁平得像男孩。这种袒胸的衣服紧贴着我的肉，我感到飘飘

---

1 埃德蒙·威尔逊（1895-1972），美国著名评论家，曾任美国《名利场》和《新共和》杂志编辑、《纽约客》评论主笔。——译注

然的。我第一次在曼哈顿成了一个性感的女人，成了人们所说的炸弹，和这种女人一起出门，男人会自豪得发疯；和这种女人回家，男人会欲火中烧。我不再是怪怪的外省傻女人。在场的人都惊呆了，纷纷拍手，有的甚至感到尴尬，因为我还会模仿，拿演员的话来说是能"抓住"司各特的各种表情。但他不太喜欢古怪的东西：司各特喜欢的是他的贵族娼妇，喜欢的是为人严厉的肮脏女人和杂志封面上最佳的搭档。司各特喜欢和渴望的，是他的南方美女，而不是在镜子前面女扮男装的人。

*

他只比我高三厘米（他与谢里登的飞行员们竞争必输无疑——他们是那么高大，那么强壮——更不用说他真正的情敌，那个曾让他痛苦的巨人埃杜阿尔比我们高两个头）。穿上浅口薄底高跟鞋，我比他高一点点。这时，深埋在我的心中的一个不容置疑的声音不知道从什么祖传的地方冒了出来。（究竟是什么？想起了关于身体的古训？或者是关于神器，关于被破坏的器皿的启示录？人们把那种器皿叫做"永远是女性的东西[1]"。）祖先温柔的声音在我耳边响起："弯腰，低头，不要打击你丈夫作为男人的傲气，他比女孩还敏感。"于是，我便低声下气起来。

七年后，柳波芙·叶戈洛娃是第一个发现这点的人，当时，

---

1 典出歌德的《浮士德》。——译注

我正在她的练功房里练芭蕾，指尖都是血："啊，这是怎么回事？低着脖子，缩着肩膀。昂首挺胸往前走，把这些都好好给我纠正过来。背要直，下巴要抬起来，这不是最起码的吗？"我不再穿高跟鞋，养成了穿平底鞋的习惯，尽管没那么性感，但让我这个28岁的老舞蹈演员的脚没那么痛了。

为什么总要迁就他们？好像他们是玻璃做的士兵似的。

纽约第五大道，圣帕特里克大教堂

"年轻人，不是开玩笑吧？你们想好了？"神甫风趣地说。

那天上午，司各特身上有一股让人作呕的威士忌味。我们相互对视，但没有拥抱。司各特笑了，因为他必须装出一个大男人的样子。而对他来说，装出一个大男人的样子真是太荒谬了，于是，他盯着我和神甫，说："好吧，我摆个姿势。"当他跪下来时，他悄悄地说："作为一个丈夫，我恨你；但你又像我的情人一样让我爱你。"

"阿门！"在圣帕特里克教堂里，大家齐声叫道。"上帝为这场婚姻洗礼。"神甫宣布。教堂里响起了笑声。掌声让我的耳膜嗡嗡作响，我感到一阵晕眩。

在教堂前的台阶上，照相机的镁光灯让我大惊失色。这还不算什么，让人激动的场面才刚刚开始呢，混乱，摸索——巨大的盲目刚刚开始。第五大道的天空也不够温柔，灰白色的，白得很脏，金属色的，白色的虚无。

在车中，司各特搂住我的肩膀，把湿漉漉的嘴唇贴在我的耳朵上。"宝贝生气了。宝贝生了那么大的气。"（我推开了他的嘴及其气味。）司各特打开迷你酒吧，拧开一瓶威士忌递给我，就像递给一个伙伴似的。我端着瓶子喝，就像他的伙伴似的。我突然感到——怎么说呢？穿着带白色花边的白色婚纱，我觉得自己无所适从，毫无生气，显得十分虚假。我在这场婚礼中自欺欺人。司各特没有问我是不是处女，我觉得这很有风度，或者说，这是他看破红尘的又一个潇洒的表现。因为这个问题不大好问，无论回答是或者不是，其结果都只能让人怀疑。

我穿着象牙色的长裙，费力地拖着蓬松的白色婚纱，与时髦的法国发型师别在我事先烫过的头发上的一大把发卡斗争，我最后才明白，司各特才懒得管我是不是处女呢！我看着他喝威士忌，半闭着眼睛，每喝一口都露出微笑。"一路并不会全是玫瑰。"刚想到这里，车子停了下来，车门开了，但迎接我的不是碎石路面，出现在我脚下的是长长的红地毯。我还以为司各特会让车子兜一圈呢！他兴高采烈，走路跌跌撞撞。我从花边中伸出手，挽着他的胳膊，两人一起穿过夹道欢迎我们的人群。又是镁光灯，掌声又响了起来，我开始颤抖。眼前一黑。我双膝一软，失去了知觉，倒在地上。大家都张着嘴，我却听不见他们的声音。曾经叽叽喳喳的嘴。

. . . .

"白色的？"年轻的医生让我重复道。他很像厄比·琼斯——同样碧蓝的大眼睛，同样黑的浓眉，皮肤白得像大理石，白得几乎让人害怕，好像脸上的血都凝聚在肉色的嘴唇里。 1940年

"你能肯定吗？我记得你上次来就诊时抱怨说，你悄悄地结了婚……"（他往回翻着他的备忘录）'没有婚礼，'你说，'像个小偷'，这是你的原话。"

没有庆典，我的父母都没有来。法官和明尼不愿屈尊移步。那场婚姻完全违背司各特的心愿：他的朋友们都不赞成，我的全家也不赞成。我想我的裙子是蓝色的，我的帽子也是。帽子下面，我的头发**真的**被那个愚蠢的法国理发师给烫焦了。洗礼之后，司各特**真的**在出租车里，打开了一瓶威士忌呷着——那味道我现在还记忆犹新，舌头很难受，让人想吐。至于饭店嘛，我想不起来了，也许是一家没什么特别之处的低级酒吧。

"你是处女？"这个住院实习医生又问，"可在你们结婚之前，他已经给你寄堕胎药了。如果你是处女，为什么还要堕胎？"

"我拒绝用他的堕胎药。非常粗暴，也非常恨自己。我问他，是否把我当做了一个妓女。如果我吃过一粒这样的堕胎药，我会觉得自己是个妓女。那是我们第一次吵架。"

"那孩子又是怎么回事？"

"我从纽约写信告诉他说我害怕，后来收到了他寄来的一盒堕胎药。在这期间，我的例假来了。我的例假乱了。我知道自己没有怀孕。"

"所以你就撒谎了。跟他吵架的时候，你撒谎了。"

"是的，我撒谎了，我像这世界上99.99%的人一样撒谎了。"

"这就叫做敲诈。"

"我想像这个地球上99.98%的人一样敲诈别人。"

"你因此而感到自豪？"

"现在，你已经问够了。我丈夫付钱给你不是让你来调查我的。10年来，你至少是第30个自称能看好我的病的心理医生。如果算上欧美两个大陆，你就是第50个。让人把我送回到囚室里吧！"

"是病房，夫人。"

"是囚室。我知道自己在说什么，医生。"

· ·

1920年 由于我们行为不检点，人们把我们从比尔特莫尔酒店赶了出来。我们撤退到科曼多酒店。整个曼哈顿的人不分昼夜、络绎不绝地来到我们的套间。大家吵吵嚷嚷，电梯也被挤得水泄不通，结果，科曼多酒店也把我们赶走了。警方还勒令我们赔偿被香烟烧坏的地毯。

司各特得回去上班，我也得去完成我的生理任务：我怀了第一个孩子。于是我们在韦斯特波特租了那间海边小屋。起初，伙伴们还在周末到曼哈顿来看我们，他们一到就成群结队去附近的小镇寻找酒吧，原来很平静的小镇现在嘈杂无比。平常，司各特并不醉酒，我们经常为了一点小事吵架。我们之间的烦恼由此开始，海边的那栋美丽小屋本来完全应该成为幸福之屋的。我在海

54

峡游泳，一游就是几个小时。我试图跟我们的仆人菊子学日语。但太难了，太慢，我可没那样的耐心。我到司各特的海上办公室找他，问他："你懂法语，不是吗？"

"是的，可以这样说。你放弃日语了？这可不像你。如果你想学法语，可以采取我的罗森塔尔法[1]，我是在普林斯顿的军官饭堂里学的。"

看到他直起背，我就知道他生气了。脊背语言——脸上还没有露出表情，挺起来颈背便可以告诉你"我不再爱你"。这太惊人了。

"我要实地学。"

"怎么学？"

"我们去法国。"

我哥哥小安东尼曾说，应该去巴黎，因为文学方面、舞蹈方面、音乐方面和绘画方面所有重要的事情都是在那里发生的。司各特仍像以往那样没有转身，只嘟哝道："好的。哪天去吧……为什么不呢？这是个好主意……在你生了孩子之后，当我用不着为了一家三口的生计而拼命写作的时候。"

说着，他重新抬起头，转过四分之三的脑袋。"你没有忘记那个宝贝，是吗？"我退到走廊里。我想我就要哭了。我只这样想："你会给我补偿的。"我回到海湾里游泳了。

法官的女儿没有哭。不为肥皂零售商的儿子哭。如果我的眼

---

1 法国人罗森塔尔专为美国人发明的一种法语速成法，有教材。司各特每次到法国前都临时抱佛脚。

睛红红的，那是因为盐和碘。

"你太年轻了，医生，看到我们今天这样衰老，被人遗忘，你想象不到的，'偶像'和我过去是那么出名——社会新闻的专栏作家们说我是'他理想中的女人'。我们出现在报纸的头版，曼哈顿的电影院和戏院的正面墙上挂着我们的肖像。人们花大价钱请我们做广告，而我们所要做的只是准时到达，不要喝醉酒，露出微笑，衣冠整洁。我们让他们出名，让他们赚钱。

"我们总是走在前面，摄影师们在我们前面的红地毯上边退边拍。我们的鞋子踩烂了闪光灯的灯泡，让我牙齿咬得格格响，好像在嚼碎玻璃。"

"嗯，"这个穿白大褂的医科学生不断地轻轻咳嗽，犹豫不决，不知道要不要说。"我搞不大清楚你过去究竟是什么人。你还记得莉莲·吉什[1]？"

我说："当然记得。我精神混乱，但没有失眠。人们一定告诉过你。莉莲是个名演员，我们在韦斯特波特时她曾是我们的邻居。我们只接待男宾，莉莲是唯一受邀的女性。当我们回到城里居住的时候，我们经常小规模地在阿尔贡甘的蓝色酒吧吃饭，如果人多，便用大圆桌。到场的人都很风趣，整个酒吧都沸腾了。

---

1 莉莲·吉什（1893－1993），无声片时代美国知名女影星，拍摄过《一个国家的诞生》，曾获最佳女配角金像奖提名，1984年美国电影学院授予她"终身成就奖"，并获法国政府文学艺术一级勋章。——译注

那个时期，你知道，纽约出现了电影院。电影界的人和文学界的人，小说家和女演员混杂在一起。我喜欢莉莲。"

那小伙子说："吉什女士上星期在接受《好莱坞导报》采访时提到了你。提到了你和你丈夫。她说：20年代，他们最出名。我记得是这样说的。"

我问："莉莲是这样说的？谢谢她，一般来说，演员都缺乏修养。她却不是这样。这很奇怪：我只有两个女性朋友，两个都是演员。当然，这跟爱没有关系。"

他皱起孩子般的眉头，说："你是说……那个俄罗斯女舞蹈家？你的芭蕾老师，柳波芙？"

我说："我私底下称她为'爱人'。这完全是柏拉图式的。你知道。"

他说："不，我不知道。"

我说："可是，你必须知道。告诉我，你这个如此严肃的小伙子，你看电影专栏吗？那就行了！……我都不敢相信。"

他脸红了，用拳头遮住了自己的微笑。他的双手非常漂亮，像一双翅膀。

我说："有一天，那是1922年或1923年，在去欧洲之前，他和我都还很漂亮，非常上镜，有人建议我们在一部根据司各特的小说改编的电影中扮演我们自己。我急不可耐，又恐惧又兴奋。但司各特拒绝了，破坏了一切。他不干，我的热情也就没那么大了：要么两人一起干，要么就不干。最后，他们选了一个女演员，说是'一个专业演员'，对她有点蔑视，这让我凉了半截。司各特永远不给我任何机会，可以说，他更热衷于破坏我的机会。"

*

有时，我会激动万分，热血沸腾，感到血液、活力和暗藏的恐惧汇成一股洪流，燃烧着我的双颊。我还有点价值。我的心跳得快要从胸口蹦出来了。快乐也是一种痛苦吗？当我幸福的时候——假如我还能感到幸福的话——我就双腿发麻。我吸入了太多的空气，我窒息了，眼睛模糊了。必须走了，落幕！我跌倒在地。

"我本想告诉你的，医生，但我应该为自己保留一点秘密。"

*

就是在那儿，在韦斯特波特，在那座幸福之屋里，我身上的布娃娃拆散了。就是在那里，一天上午，在桑德-康波海滨，在那个如此美丽的地方，空气那么清新，那么轻盈，那么令人激动，人都变得很苗条、漂亮和崇高了。就是在那里，我觉得自己想念亚拉巴马了，想念那个属于我的、被人厌恶的土地了。

红色的土地，用来制造红砖的沉重的黏土，城市和坚固的住房就是用这些红砖建造起来的，建在红砖上的任何东西都不会动摇，也不会让人担心。我还想念松林中黏糊糊的浓郁香味，当我还是个小姑娘时，我曾痛恨这种味道，我一直以为就是它害我得哮喘病的。除了想松林，我还想念朱丽娅姑妈做的菜，又油又甜，让人恶心可又很好吃。菜的香味充满了红砖城堡里的所有房间，彩色的墙纸、窗帘、地毯、沙发甚至连护壁板和床上的枕头都有菜味。

更糟糕的感觉是，我还想念那里弥漫着的发霉的怪味。我每次回到我所出生的房屋，那种味道都让我感到害怕，给我一种肮脏的感觉。我已经习惯了，但一回到那里，第一个晚上，就几乎把它忘了。习惯，遗忘。

我在任何地方都感到不幸福。任何地方都不能使我摆脱痛苦。

在脑体切开之前。我知道手术并不那么可怕，只是把一个锥子插进眼底的锥骨，然后往上移，进入损坏了的大脑，枕骨愈合了，然后便不再痛苦，不再忧伤和焦虑——甚至没有伤疤。只是眼睛有些肿，但几天后就会消去。"我保留了自己身上能保留的不好但活跃的东西。你明白吗，年轻人？"

⋯⋯⋯⋯⋯⋯⋯⋯⋯⋯⋯⋯⋯⋯⋯⋯⋯⋯⋯⋯⋯⋯⋯⋯⋯⋯

在这堆奢华的垃圾场中——我们的生活——有人突然出现了，他想让我得到幸福。那是一个夜晚，司各特在玛丽别墅举办了一场招待会。那个男人名叫埃杜阿尔。埃杜阿尔·乔森。他的伙伴和战友都叫他乔。

我穿着轻柔的裙子。那么漂亮，那么鲜红。一条能把人毁了

59

的裙子——但非常昂贵，花边是乳白色的。司各特甚至懒得去理那个胖胖的法国出版商，那是我们夏天在瓦莱斯库尔的邻居，他大喊："太幸福了！天哪，司各特！从来没有哪个狗作家有这么漂亮这么出色的狗女人。"那个美丽的狗女人，就是我。司各特没有理他：他跟着我和乔，步步紧跟着我们，无论我们是跳舞还是走路。"他妒忌了，"我心想，"好好利用这种妒忌所带来的好处吧！"但我很快就忘了丈夫的妒忌。不到一个小时，逢场作戏的我便爱上了这个英俊的优秀男人，他说英语时带有一种非常感性的口音，让你不寒而栗。

＊

他并不想包我占我（这是他说的），而是想解放我（这也是他说的）。这些法国人真是古怪：把我比作一个奴隶，对我的用词就跟对奴隶使用的词汇一样，只有法国人这么粗心，能做得出这种事来。当他把我拥入他滚烫的怀里时，我已经说不出什么话来了。

第 二 章
法国飞行员

我将像鸟儿一样飞翔，只要你爱
我，我就为你飞翔。

——那你就飞吧。

——我不会飞，但请你仍然爱我。

——可怜的孩子，你没有翅膀。

——难道爱我就那么难吗？

——泽尔达·菲茨杰拉德

《留给我这曲华尔兹》

无可救药

我喜欢灾难……不幸……我断然地掷出这些骰子，拿自己的一生打赌，甚至不等它们停下来决定我的毁灭。堕落，我也愿意，如果有机会。这就是我。没有任何东西能让我回心转意。 1924年7月

那些男孩——啊！那些男孩不喜欢别人在跑步时超过他们，也不喜欢在任何比赛中赢了他们。而我，一个女孩，超过了他们任何人，成了明星：游泳第一的是我，跑步第一的也是我。溜旱冰，我是当地的冠军。但塔卢拉赫也不是最后一个。应该去看看我们是怎么滑过佩里山大街、塞尔大街，然后爬上斜坡，像真空吸盘一样吸在卡车的底盘上或汽车的减震器上。当两个40公斤的女顽童超过他们，他们就像着了魔的新手，一脸狂怒的样子，行人们都在大喊，车子狂按喇叭，司机吓呆了，脸色苍白在骂我们。但我们激动的狂叫声盖住所有的嘈杂。我们每个星期都系紧溜冰鞋的带子，越溜越快，迫不得已才刹车，往往到了快滑出道路边缘的时候才拐弯。

飞行员笑了，说："你是个恐怖分子！"

我是法官的女儿。可怎么向一个不认识亚拉巴马的人解释呢？

我非常怀念这个飞行员。但你们死也猜不到，永远都想不到，想不到是他，我如此期待的人。海边最英俊的男人，最英俊的男人，我就在他身边。

哭吧！那就哭吧！你很孤独，孤独得要死！

我们现在所住的这个茅舍，我想把它变成坟墓。一个在野外的陵墓，乔森和我在床上被火热的熔岩所攫住，飞行员和我紧紧地搂着，躺在成了我们灵柩台的床垫上。床垫虽然很破烂，却保护着世上唯一的爱情。在这个透风的破屋里，我们一无所有，只有一个打火机，用来在沙滩上烧烤食物，两罐水用来解渴、做饭和洗澡，乔每天早上去村中广场的泉水边取水。

他嘲笑我太爱干净（当我告诉他，我一天要洗四次澡的时候，他惊呆了），但我觉得自己身上有一种难闻的味道。"瞧，泽尔达，我们裸体躺在太阳底下，我们每两个小时游一个小时的泳，你身上怎么还这么难闻？"

是这样，然而，不游泳的那个小时我们就做爱。在港口的市场上，当我们去买蔬菜买鱼的时候，人们都圆瞪着他们黑色的大眼睛看着我。我想我身上一定散发出性器官的味道，他们在我经过的时候闻到的可能就是这味道。女人在性冲动的时候产生的分泌物和我身上分泌出来的另外一些液体。我想逃得远远的，消失在沙子底下，可乔搂住了我的脖子，就在市场的小路上吻起我的嘴唇来，然后又把手放在我的腰上，我没有反抗。我们就这样走着，卖鱼的女人认出了他，欢呼起来："喂，英俊的小伙子！他好像用鱼网抓住了一条美人鱼！天哪，她太漂亮了！"他笑了，笑得那么自豪。我在想，那个卖鱼的女人究竟看到过多少美人鱼。但我随后马上压抑住这种让我痛苦的想法：飞行员和我在一起的时间屈指可数，这我知道。所以我不会让妒忌白白地浪费我的时间。必须享受他给我的东西，享受我从来没有体验过的东西，我肯定，这些东西我以后再也体会不到。

乔森身上除了矫健的美和他迷人的汗味，还有一些东西，他能让女人对他感兴趣。我想大部分法国男人都有这一长处：他们真的喜欢女人，而我们的男人呢，亚拉巴马州的男人和美国其他地方的男人好像怕我们，出自本能地蔑视我们——他们当中有些人还诅咒我们。

法国的男人，并不是因为他们比别人英俊，远非如此。而是因为他们渴望我们：对他们来说，一个委身于男人的女人并不是婊子，而是王后。

"宝贝，"司各特恳求道，"我们别再争斗了好不好？调好我们的琴弦。"司各特很喜欢这种法国式的表达法，尽管他是通过他的罗桑塔尔法学的法语，每次外出前都要复习一遍。可我不懂得大家都懂的比喻，我把它理解为："调整我们的暴力。"[1]我马上说好。

---

1 在法语中，小提琴violon和暴力violence发音相近。——译注

我生命中另一个最美的夜晚

那个飞行员有宽大的臂膀，能把我整个儿包裹起来，我可以在那两只温暖的翅膀中颤抖。飞行员只爱我一个人——他说。他以为我也是独身，只爱他一个人。

独身？别开玩笑……

"你可以随心所欲，"我说，"因为你所向无敌。我们到这里已经两个月了，但我丈夫只进过一次我的房间。"他想给我倒满酒杯。"不要了，谢谢。我很高兴。我真希望不要浪费任何一点幸福。胖妞米格雷安和她的恶心姐姐在等呢！"

他说："等什么？我明天就走。我想跟你睡觉，马上。我回来时，你就离婚。我要你的嘴，你的乳房……你的乳房，我做梦都想。我失去理智了，你这样的乳房，是的……对了……就是这样，是的……张开。你是那么漂亮，也那么婊子。你要了我的命，对不起……对不起，我不想这么说，分开，是的，等等……

我等……让我进入你的身体。这样很舒服，要我。你想怎么来就怎么来，你来够的时候，我就退出来。"

我从来没有看过一个男人睡觉。我是想说，做完爱赤身裸体的男人。他的胸慢慢地起伏，让人难忘。他身上的胸毛竖了起来，还挂着汗珠的茸毛。我再往下摸，毛变密了，颜色变深了，波浪形的，柔软光滑，俨然一个棕红色的幽僻处。薄薄的避孕套里，躺着他的性器官，已经软了，棕红色的，和我见过的其他性器官很不一样。我见过的男性性器官并不多，它们大多都是红红的，软弱无力——在让人羞耻的夜晚皱着，缩着——就像是鳃角金龟的幼虫，藏在冻僵的土地里面冬眠。

我喜欢这个棕色皮肤的男人，这个皮肤棕褐色的男人，他身上的味道很重，他的性器官滚烫滚烫的，在我体内长时间地颤动、释放。"来了，亲爱的，我射了。"我想找句话回答他，但找不到，于是便大喊说我爱他。

＊

我嫁给了一个玩具娃娃，他一头金发，却无法勃起。一个男的娃娃……怎么描述他呢？……好了，我不想烦你了。难道我命中注定要惨败吗？

"不，当然不，泽尔达小姐。你还年轻，我们的先生还有很多东西要学。"

"谢谢姑妈。抱抱我吧，我已经过了撒谎的年龄，但我一直希望得到抚慰。我们把所有的牡丹花都摘了吧，姑妈，把花插到头上。我们将成为睡莲女，两个真正的南方女孩。"

"两个河边的女孩，泽尔达小姐，可以说，我们的亚拉巴马河是世界上最漂亮的河流。"

我们的亚拉巴马河，姑妈，还有法国的罗讷河。

罗讷河三角洲，姑妈，你会感到惊讶的。那个飞行员曾把我带到那里。

"泽尔达小姐，你还会伤害自己的！你已经不是小女孩了，别老想着犯你的那些罪行。否则，上帝会一把把你扔进地狱！"

我们推开了一间被弃的破屋，在里面呆了三天三夜。守卫——也就是他们的牛仔，姑妈，至少有温斯特尔步枪[1]——租给我们两匹卡马尔格马[2]，那两匹马胖胖的，但很灵活。我们整天在苍蝇飞舞的三角洲骑马，不用马鞍，我的大腿内侧都磨出了血，火辣辣的（太阳很大，也照得那地方火辣辣的），但我只感到坐骑的肌肉和它背上硬硬的皮肤，一点不觉得痛。真的，一点都不觉得，只有咸咸的海风和飞行员看着我的脖子、我的屁股、我的大腿的目光。

　　我的身体是一条河

　　它的名字叫亚拉巴马

1 温斯特尔步枪，美国南北战争时期使用的武器。——译注

2 卡马尔格，法国普罗旺斯罗讷河地区，出产名马。——译注

68

其中心是莫比尔湾三角洲，

我的双腿画出一个半岛叫快乐

它一直深入到墨西哥湾

有一天，我会带你去那里。总有一天，乔，我向你发誓。总有一天，我们会在快乐岛重逢，为了以后不再分开。永不分开。宁死不分开，我说，我说话算话。我的身体是一条干涸的河。是卵石，是大漠，是犯罪的身体。

*

他胸前的那对翅膀是用金属做的，银光闪闪，贴着他的胸，上面有纹章和条纹。我希望他用那两只翅膀把我托起来。晚上，我睡不着，晚上，我起身，从衣架上取下他的制服上装，紧紧地贴在胸前，要把他的味道留在我赤裸的肉体上。要知道我们是幽灵——我吻着伸展开来的冰冷的金属翅膀。别扔下我！卷起你的翅膀，把我包裹起来！把我留在你身上，哪怕法律要我们分开。

*

在埃斯泰尔悬崖，汽车常常擦着崖边而过，轮胎摩擦着石头发出嘎吱嘎吱的声音，车子像船一样颠簸，车轮磨坏的一边好像与沥青路面失去了接触——可我，和这个世界还有什么联系呢？

我甚至没有大声喊叫。乔显得很失望。也许，他已经习惯别的女孩的大喊大叫，求他开慢点，甚至吓得尿了裤子，紧紧地抱着他的脖子。而我却用手搭起凉棚挡风，点着一支香烟，然后把烟放在他如此鲜红、如此肉感的嘴里。抽吧，我知道他为我而自豪，我假装勇敢，向他表明，就像向别人表明一样，在他给我的这段时间里，我没有给他丢脸。他把我叫做搭档，叫做副驾驶。啊，我太自豪了。

我说，我太想亲自驾驶了。他假装很惊讶："像你这样的女人应该会开车。"

"我说的不是汽车。"

"那是什么？"

"我说的是年轻的女人，和我同龄的女人，埃莱娜·迪特里厄，亚德里娜·博朗，热尔曼妮，我忘了她姓什么了。我想你教我飞。"

"当飞行员？你真的想像那些女人一样握操纵杆？"

他大笑起来，我不怎么明白。当他说法语的时候，我知道他是在嘲笑我。他是在赶我，赶离爱情，赶离那颗心，那是我们两具在沙滩上相拥的赤裸的身体组成的——就像他朝我屁股上踹了一脚，把我踢到回纽约的船上一般。

"你疯了，坏家伙。我爱你。"

我在各方面都超过他：跑步，游泳甚至骑马，在避风小港湾里潜水我也比他强。然而，一天晚上，我差点死在那儿。我从一个陌生的悬崖上跳下去，很快就摔在蒙骗了我的水中，海底的礁石把我的一半身体都刮破了。我在他怀里颤抖着，冷得牙齿直打寒战，我越冷，他便把小小的我搂得越紧，好像一个极小的东西靠着他，靠着那么巨大的他。他温暖的胸膛舒展开来，如同一块大陆，在这块大陆上，我觉得非常舒服。

我终于获得了平静。我获得了爱情。

（当司各特为了报复，想流放我时，我们又回到了那个大悬崖。那个时候，我感到非常害怕——因为他醉了，醉得松开方向盘，伸手到口袋里去摸烟。每次偏离方向，我们都离死神近在咫尺。吵架、包伤口的纱布和所有这种自杀性竞技，都与飞行员敏捷而性感的行为不可同日而语，完全不一样。司各特一直醉醺醺的，早上，我们来到了瑞士这个中立国，所有的冲突都平息了。就是在那儿，在一个设备齐全的诊所里，在洛桑，在他极度安全的豪华大旅店里，司各特惩罚了我。极其秘密，很不中立。）

在皮带与肚脐之间，在皮带扣和这个男人的中心之间这几厘米的地方，有一个小小的三角地带，毛茸茸的，褐色的，像 1940年是一个处男的性器官。有时，我请求他——那时，他会勃然大怒！——用衣服把肚脐遮起来，对我来说那是多么美妙，又是多么痛苦啊！飞行员的气息：今天还是这样，飞行员的气息，他胸脯的气息，会突然传来，让我流泪，让我放在画布上的手发抖。我什么都没说。如果我说他在房间里和我一起，就在我身边，弯着腰，在我背后面看着我画画，他们会说，我又产生了幻觉。这样拼命回忆是一种疯狂。要是我能画出他的气味来那该多好。

"你已经驱除了这些东西。"医生对我说。可是，不，我什么也压制不了：一切都出现了，出现了，一直在活动，出现在近景。我解体了，无法忘记、窒息和抛弃：我既没有画框，也没有远景，甚至在潜意识里也没有什么想法……啊，还是我呀，议员和州长的孙女……高等法院审判长的女儿。是我，在学校里很懒，操行评定得了一个大大的鸭蛋，最后却成了当时最伟大的作家的妻子。

明尼妈妈，明尼我的母亲，你在哪？妈妈，难道我丑到了那种程度，你把我一笔勾销了，再也没有人爱我了？

聚会

　　我的裙子柔软光滑，非常漂亮，是我临走时明尼送给我的。她在亚特兰大一家法国商店里买的这条裙子。（掌柜是一个年老的得克萨斯人，他信誓旦旦地说，这条裙子"有年头"了，也许他的意思是说这条裙子是名牌。）我穿上去以后感到很不自在。全都是谎言。大家在我身上能闻到性的味道吗？大家猜得到最近几天海水浴代替了香水浴吗？……司各特看着我脱裙子，神情痛苦，非常沮丧。在第一批客人到达之前他就已经醉了。大家好像丝毫没有发觉，相反，他们还对我说，我很漂亮，一副幸福的样子。我感到自己很平静，很自信，非常平静。我来到玛丽别墅的沙滩上，莫名其妙地等待那个飞行员出现。我听见了口哨声，相信有些坏蛋来偷看我穿着浅色泳衣的样子。穿那些泳衣成了我在当地的第一个大丑闻（显然，在前一两秒钟的时候，当人们还没有完全看清楚的时候，大家都以为我什么都没穿）。口哨声又响起来了，伴随着悄悄的说话声。当我回到沙丘后面时，乔已经脱光了衣服，躺在一张军用毯子上。

"今晚，我给了你一个孩子。"我笑了，但他威严地用一个吻封住了我的嘴唇。"别笑，我敢肯定。男人可以知道这一点的。泽尔达，我们现在连接在一起了。你再也不能离开我了。我属于你。"我从沙丘上下来，浑身都沾着沙子，头发上，脸颊上，裙子里面的屁股上。痒得很，使我又想起了罗格莫尔的砾石开采场，我和塔卢拉赫曾一丝不挂地当着小伙子们的面在那里游泳。他们满脸通红地看着我们，其中大部分人甚至都不敢爬上砾石的高处。我大笑着，穿着衣服走进水里。当我回到内院时，大家的目光不再落在我身上：是的，我浑身水淋淋的，是的，我的裙子湿透了，变得透明了，但这不过是另一幅风俗画，更耸人听闻的事（他们认为是这样）我都已经做过。

1924年夏天

马跑了起来，起初是小跑，飞行员还盯着我的眼睛，我望着他在月光下有点让人不安的漂亮牙齿，微笑着，我们的马玩起了游戏，公马和母马厮磨着，我们的马互相摩挲着嘴唇，交换着白沫，然后母马摇晃着脑袋，减慢了脚步，奉承着，好像在笑，有点无礼，然后朝天仰起了头，黑色的天幕上布满星星，像一块布，那么明亮，那么平静。突然，它发起疯来，脱缰向漆黑的天际狂奔。沙滩好像无边无际，它在绕着地球奔跑，时间停住了。这是热带，这是赤道，母马驮着飞行员，谁知道呢？它也许能伸出翅膀，用伸展出来的翅膀抢走我的情人。它把我的情人从我这

74

儿抢走了。他们在一条永恒的轨道上飞啊飞，超出了动物界严厉的法则和严格的限制。

我又想起了那两匹马，回想起卡洛涅的太阳和巴塞罗那的竞技场……忘掉，全都忘掉！……

拨开那群寻欢作乐之徒——其中大部分人都不认识我，还有一些是半上流社会的人或是他们在娱乐场所收罗来的食客——司各特把酒杯摔碎在我的脚下："你难道一点都不感到耻辱吗？好女孩不会在公开场合抛头露面。你不过是只鸡。"他啐我的脸。两个男人及时过来拉住了他的肩膀和他已经向我举起来的右手。

这种打法和打我一个耳光或给我一拳完全不一样：不，我一点都不觉得害臊。几乎若无其事。他知道我做过更坏的事情，比穿着透明的裙子下水坏一百倍的事。我在曼哈顿所有俱乐部的每张桌子上都跳过舞，裙子掀到了腰部。我高高地架着双腿，当众抽烟，嚼口香糖，喝酒醉得滑到了阴沟里。他曾经喜欢我这样，鼓励我的这种放纵，使我们在上流社会中具有很高的支持率，等于做了个大大的广告。

我知道，淫秽的不是我的衣着和走光的裙子，而是那种让人陶醉、弥漫全身的幸福感和那种狂喜的样子，我想，我从来没有体验过这种兴奋，他不会没有察觉，因为甚至连码头的小贩都在我身上，在乔和我身上看出来了。相爱的人往往是不知廉耻的。

对于那些失去爱情的人来说，看到恋人们相爱是一种折磨，他们不是唾弃便是嘲讽。

我很害怕，怕他把我抓回去。我生活了一辈子的牢笼，门已大开——越过门槛时，那该是多么恐惧啊！

他已经几个月不进我的房门了，那天上午，他溜了进来，坐在我的枕边。他没有脱衣，只是解开了裤裆。他用右手抓住我的脖子（就是这只手，四个小时之前曾想揍我），强迫我向他被酒精烧得热血沸腾的臭烘烘的那玩意儿弯下腰去："坏女孩就是这么干的，"他低声说，差点把我的脖子捏碎，"他们只吻男人撒尿的地方。好女孩甚至都不知道还有这种事情。既然你已经不是令人尊敬的女孩了，那就学学吧！"

＊

1924年

飞行员喜欢我不穿衣服，他自己也一丝不挂。起初，当我用裙角掩起裸露的胸脯时，他还笑。我什么都不穿，几乎感觉不到任何痛苦。

晚上，我们一起去沙滩，手里拿着一杯香槟。我感到自己解脱了，觉得自己是个王后，别人都渴望我。

也尊敬我吗？

那个晚上的情景，留在我的记忆中，刻在永恒的天上。他拉了拉床单，说：天热了。有什么必要盖着床单？他掀掉了床单、被单和枕头。

他吻着我，很慢很慢。我们躺在米白色的布垫上，没有床单。

我同意了，我干，我以品行高尚而著称：是，是的，不——从来不是！

我喜欢听他笑。在他的怀里，我发现了另外的东西。不再是夫妻间的强奸，也不再是湿润、射精、流血和整整无聊几个小时而不承认彼此已不再相爱，不，突然有了其他东西，没有床单，但在我们的肉体上，除了肮脏和耻辱之外还有别的东西。

啊！看情人睡觉：对失眠者来说是一道点心（我的点心有香料蜜糖面包的味道）。

他们的这个中心，正中的地方，隐藏着这个肉乎乎的东西，它无辜地睡着，而没有皱缩起来，或者说还没有缩起来。它像鼻涕虫那样乖乖的时候大家都熟悉，但有时，它会突然让人大吃一惊，携带着生命或毒液。同样那点东西，有时，二者只需一份代价。有时，想到司各特在给我一个新生命的同时也把一种可怕的疾病传给了我，我就不寒而栗。但司各特不跟任何人睡觉，我很害怕。他上次想跟我生孩子已经是几百年前的事了。一切都很快就要结束。

我想，说他浑身赤裸，这不完全对。乔森拒绝刮掉自己的小胡子，有一天，我一定要他刮，他对我说，他生下来的时候是兔唇：那儿留下了一个很难看的伤疤。慢慢地，这个不让人看到的伤疤来到了我们之间。太愚蠢了！那个飞行员总是那么英俊，让人渴望，生来就是受人派遣的，到处派遣，派遣到海边的沙滩上，派遣到松树林或栗树林的阴影下面，派遣到滚烫的石头上。

现在，我避开他的嘴唇，半是因为厌恶，半是因为恐惧。拥抱，那可不是伤害！

好了，我知道。我不是人们所谓的乖女孩或好女孩。我永远是法官的女儿。是大家都看不起的堕落女人，我跟许多男人睡过，只是在结婚的那天晚上，我才有所收敛，只跟两个男人睡过，第二个是我丈夫。

菲茨不是为了性才娶我的。他已经试过，如果他预料到我是一团转瞬即逝的焰火，他就没什么好害怕的了。可我是一根木柴，是一根能燃烧很久的木柴，几年后他向他最好的伙伴和同事，我叫做路易斯·奥康诺尔的那个人这样抱怨道。此人第二天不断重复，想向我表明他能对我丈夫怎么样。我看着那个好斗的鸡奸者，说："别做梦了，路易斯，司各特和狂热的爵士乐并不真正合拍。"

而那个法国飞行员：在他的怀抱中，我就像一根细枝，一根火柴。

我最后一次请求乔森刮掉遮丑的小胡子，他问："刮了以后你还会爱我吧？"我发誓说是的。看到那个伤口，我一点没有条件反射地感到厌恶，而且还吻了他的新嘴唇。他的性器大大地回应了我。

对我们来说，时间之河是一条激流，咆哮着奔腾，轰隆隆汇成瀑布，翻起无数浪花，以至于幸福也像浪花一样溅了我们一身，让我从身体到灵魂都害怕起最后的结局来。

我知道最后是什么在等待着我们，但我没有说出来，而是充分享受爱情的狂欢和当下的快乐，因为这个男人是为快乐而生的，现在这种快乐不会比以前的或以后的快乐更让他怀念。

　　别问我是怎么知道这一点的。我知道，仅此而已。

奶妈的别针

我在沙滩上闷得要死，那个小伙子对我说我很漂亮，而且很成熟，如果我听懂了他的意大利语的话。难道我老得那么快吗？如果这个小伙子不是迅速地把一只手放在我的双腿之间，我是会怀疑他的恭维的。他的动作是那么粗鲁，那么幼稚，丝毫不用怀疑他的冲动。我宁愿自己仅仅是美丽、圣洁，但不成熟。只做我自己，处于终点的我，处于起点。这是同一回事。

爱我，把我带走。Ti supplico. Amami.[1]

飞行员做爱的时候讲法语，追我的时候讲意大利语。他母亲的老家在罗马一个贫穷的小镇上，当司各特对我说，我们要去罗马住一个冬天，他要离开巴黎的诱惑在那里完成他的书稿时，我害怕得浑身发抖，没有勇气对他说不，因为他会问为什么的。那

---

1 意大利语，意为："求你了，爱我吧！" ——译注

将是一个新的地狱。

＊

我们从罗马带来的意大利奶妈试图告诉我说，帕蒂很没教养。为了让她离开家庭，跟我们到卡普里，司各特给了她很高的工资。我提出抗议，想把她赶走，并且坚决地提醒她，她是个仆人，但我声音犹犹豫豫，没有很好地表达出我的意思。最后，失败的是我，我满脸通红，尴尬得连话都说得结结巴巴。奶妈变得更勇敢了：E'viziata, la tua bambina.[1] 司各特突然来到厨房，朝我皱起眉头。我让他去跟那个可怕的女仆说，那个女人国派来的胖女人。"她四岁了还吮拇指。E'una vergogna！[2]

"她只有三岁零四个月。"司各特纠正道。

"正因为如此人们才喜欢她。"我冷静了下来，说。我吻着女儿胖乎乎的脸蛋，海水浴把她的脸和整个身体洗得金澄澄的。

司各特用绿色的眼睛扫了我一眼，瞪得圆圆的两个眼珠像两门小钢炮。

"我们有种传统，"奶妈没有感到局促不安，她接着说，"这种现在已经恢复的传统要求我们，意大利的男人和女人，要有世界上最美丽的微笑。（怎么会这么愚蠢？他们太幼稚了！）

---

1 意大利语，意为："你的小女儿，太娇生惯养了。"——译注

2 意大利语，意为："太可耻了！"——译注

孩子一出生，我们就不让他吮手指。因为吮拇指会让腭畸形，永远都纠正不过来，牙齿也会长得乱七八糟。对付吮手指，只有一个办法：把婴儿绑起来。这种方法已经得到证明，其做法是，用两个别针把婴儿的长袖内衣和婴儿床上的垫单串起来，把他的双肘固定在摇篮里，这两个别针把她扣在床垫上，不让她的双手碰到她的嘴巴。"

这时，当父亲的开口了："我的女儿牙齿很好，笑起来很美丽。我们不再需要你的服务了。不管怎么样，我们要回法国了。到我的书房里结账吧。"

司各特讨厌意大利。而我呢，还没有学会当母亲。有时为了孩子好，必须折磨他一下。司各特去了邮局，说是给他在纽约的出版商发电报。回来后，他告诉我他在昂蒂布租了一栋别墅，租了半年。"非常漂亮。"他强调说，忘了是我们的一个什么朋友推荐的。

"很漂亮，是吗？"我惊讶地盯着他看。我害怕了，非常害怕回到我的犯罪之地。那个飞行员是否还是驻扎在那里？要是偶然碰到他怎么办？昂蒂布离弗雷瑞斯太近了。"一栋巨大的别墅。"他强调说，"外带五个佣人，工钱很低。很划算。"当他告诉我价格时，我呻吟起来："傻子，这会让我们破产的！你会毁了一切……"

我不知道他是要考验我，还是强迫自己战胜忧虑。不管他是想折磨别人还是想折磨自己，他都是在玩火。隔壁的屋子里住着一个著名的舞蹈明星，她从来不晒太阳，晚上才出来。我在露台上等待她的出现，然后互相招招手。除了"晚安"二字，如果我斗胆多说几句话，她便咬着下嘴唇，回屋躲到她静寂的世界中去，或者躲到音乐当中。她艳丽惊人，非常自信。我很想通过舞蹈恢复活力。不仅仅是活力，而是一种陶醉，是的，但也是最美妙最灿烂的毒药，能把空气与肉体结合起来。跳舞：不再想飞翔。

＊

在昂蒂布，我以为能找到昔日的平静。司各特去巴黎忙《了不起的盖茨比》出版的事了，来自美国的消息让人高兴：小说取得了成功，媒体和公众都很喜欢——仅仅几天时间，它就登上了畅销书榜首。我为他而感到骄傲，为我们感到骄傲：这本书太漂亮了，我再次成了书中一个让人渴望、命中注定要让男人倒霉的女主人公。

在完全白色的巨大别墅中，反射到墙上的阳光有时会让人难以忍受。我开始戴墨镜，游泳一直游到筋疲力尽。我去邻居默菲家里，晚上在那里骑马。有时，他们留我吃晚饭，这只能让我显得更加虚弱，更加孤独（司各特借口说让巴黎的一个大专家看看耳朵，带着帕蒂走了），更加节俭（"瞧，泽尔达，可不能老吃土豆和蘑菇！"），最后，我从这些晚会回来时，感到更加沮丧和忧郁。我不止一次想打电话去空军基地，想知道他是不是还在那里工作，但我克制住自己的欲望。有几个晚上，我忧虑得实在受不了了，差点回到崖边小道，去圣拉斐尔去找乔。我的身体从来没有因为缺谁的身体而这么痛苦过。离开他，就像被人浸在冰水里，先是浑身哆嗦，感到冷，随后就神志不清了，身体的表面开始发烫，比在火里烤还烫。

我才不在乎自己呢：悬崖边的那条小路（它好像与悬崖难解难分）多次让我想闭上眼睛，开车冲向那茫茫的一片虚无。那些晚上，我吞了药片，镇静剂，喝了许多香槟。12个小时之后，我醒来了，惊慌失措，觉得头很疼，但我坚持住了，我因此而感到自豪：一个勇敢的妻子。

是的，有几个星期我一直认为，对司各特和我来说，也许并没有一切都失去。

＊

后来，那个大胖子进入了我们的生活。他喜欢斗牛和刺激性很强的东西。那是个最无耻的作家，在美国的声誉正与日俱增。但在那时，他还没这么胖，没这么出名，甚至还没有发表过作品。一定是司各特写信给斯克里布纳出版社的马克斯韦尔，推荐他读这个前途无量的年轻人的作品并且出版它。这个人虽然年轻，但牛皮烘烘，说谎成癖。我看见他们回来，两人脸色苍白，胡子拉碴，一脸幸福的样子。在昂蒂布海角的别墅里，我仿佛又看见他们走进玻璃门，听见司各特激动地在向我介绍说："泽尔达，这是路易斯，我经常跟你提起的路易斯·奥康诺尔。"我立即惊呆了，路易斯是那么傲慢，那么自信，只有蠢猪和假艺术家

84

才会这样。

一握手，我就想扇他耳光。

尽管我知道是司各特把他从丁戈夜总会[1]捡来的，但那又怎么样？

他们俩赶了一夜的路，开着司各特用《盖茨比》的首次稿费买来的雷诺跑车。看着司各特圆睁着眼睛，目光落在那个假惺惺的崇拜者身上（我绝不相信路易斯在这个小镇遇到菲茨之前读过他的一行字），我就知道他被吸引了，跪倒在那个那么强壮、那么富有阳刚之气的人面前。啊，司各特曾多么想成为一个足球冠军啊！15岁的时候，他就在体育版上而不是在图书专栏上看到了自己名字，但他没考上大学，竿子不够长，没有打到果实。

这两个男人从来没有想过互相之间在身体方面有多大的诱惑，他们的投机之处更多是在语言方面，在情感方面，比如忠诚、英雄主义或各自的才能。

我很快就明白了，这个胖子只有一个目的：从司各特那里夺得荣誉。如同我知道自己成了他的一个障碍，一个竞争对手一样。在他眼里，我是个敌人。为了让司各特名誉扫地，他得有武器，可他不知道采用什么武器，他根本不懂得我们的解放文学。一涉及到那方面的东西，他便显得那么可笑！他那些血淋淋的故事让我们恶心。这个平庸的作家喜欢抓住公牛的睾丸……这一定会让他永生难忘或者激动万分，因为他没有那玩意儿。除非他喜

---

1 丁戈夜总会，在巴黎蒙马尔特，当时美国人常去的一家夜总会。现已关门。

85

欢斗牛士的睾丸，那毕竟是人们所见过的最棒的睾丸，包在他们黏糊糊的或金黄或粉红的短裤里。

他的目光严格来说不叫目光，而是一群盲目地在司各特的生殖器上产卵的蝴蝶。不，我没有发疯，没有乱说。我发誓。

他，那个如此傲慢的胖妖怪，悄悄地对司各特说："你要像个男人！"

那个疯疯癫癫的食人魔，我有一天透过一扇没有关严的门听见他说："管住你的太太，否则，他会毁了你的。"

司各特说："我的太太，你不用担心。"

回到母亲家中

我已经受到了足够的惩罚？好像还没有……

我又做起了噩梦，令人窒息，梦见了巴塞罗那的斗牛场。那些穿黑衣服的男人就像火葬场的一群装殓工，他们胖胖的妻子也穿着黑衣，戴着草帽，发出牲口被扼颈时的声音。他们的孩子也让人恶心，一看到血就激动起来。

到处都是血。巴塞罗那的斗牛场似乎非常漂亮，我去过那里，我应该想得起来，但我记不起那里的拼花地砖是什么样的了。我仿佛又看见度周末的人群，他们身上香喷喷的，橄榄油鸡蛋饼的碎屑落在白色的衬衣和黑色的胸衣上。我仿佛又看见马突然立定，听见乐队奏起了乐曲。还听见喧哗声。我仿佛又看到了那匹诚实的马，轻轻地小跑着，穿着朱红色的马铠，可以说非常神奇。我回想起自己曾与它一起痛苦，为它祈祷。无力的太阳照在华丽的奇装异服上（嘎吱作响的马鞍，是的，还有骑士绿色或金色的开襟短背心），闪得在场的人眼花缭乱。如果说我还看见那黑色的脑袋嘴鼻冒着白沫，弯下牛角向马肚子刺去，刺穿之后，又把那一千多公斤金光灿灿的肌肉掀了起来，就像掀起一块劣质的布匹，这也完全可能。那匹马一声不吭，就摇摇晃晃起来：内脏从它被刺破的肚子里流了出来。当我明白过来时，沙子已成为一汪鲜血。肚子被刺破的马，四个铁蹄已经朝天，装饰着它的黄色金属仍刺得观众的眼睛发花。那东西毫无作用，根本就不能保护马匹。在我们身边的阶梯座位上，成群的装殓工在进行抗议，迟钝的女人们在胸前画着十字，他们穿着白色衣服的孩子们闻到暖暖的血腥味时快乐得大叫。一切都在跟我唱对台戏，还不到四岁的帕蒂用她那双小手蒙住眼睛。我的女儿躲在我的身上，我的女儿钻进了我的胸腔，大喊救命。我用力把她推开，看见她满眼泪水。我看见血正离开她可爱的脸，女儿突然摇摇晃晃地站起来，向她父亲和路易斯抬起她受伤的目光。女儿在我怀里晕倒了，倒在阶梯座位上，好像死了一般。

那天，一匹马被牺牲了，以便那些大受恭维的野蛮行径能得到报偿。那匹奄奄一息的马被一辆马车在可耻的沙地上拖着，好久都没有死。那头犯了罪的公牛理应被处决，它的血在宽阔漫长的草地上汩汩地流个不停。前者嘶鸣着，挣扎着，好像很不明白，它惊慌的眼睛在翻白，腿朝着天空请求老天解释；而后者呢，那个黑色的罪人，它的肩上插着一把长长的剑，身体被刺穿了，前腿弯曲了下来，终于服输了（好像这是在打仗似的）。阶梯座位上的人群看到它这样跪下来投降时，纷纷站起来兴奋地大喊。男人们拉开了他们的裤裆，女人们掀起了她们的花布头巾，纷纷涌向安息日那天排队领圣体的臭烘烘的人群中。而当她们在吃基督的身体、吸神甫的精液时，他们可怕的孩子在寻找大喊大叫的地方，看在哪里又能有一场杀戮，有一场狂欢。所有的人都在吸、在喋喋不休地说或是在探讨，那头结局悲惨的可恶的公牛还在担架上哭泣，就像一头小牛犊。谁都不再看那个奄奄一息的替死鬼，它曾经是那么危险，被人叫做魔鬼。

· ·

"医生，你要知道，做完弥撒之后就去看斗牛。人们用不着换掉节日的盛装，很快就去吃橄榄油鸡蛋夹心饼了！一口一个，然后赶去斗牛场看喋血表演。血和内脏流得满地都是。"

· ·

我成了我女儿的母亲。我女儿不认我，只要她父亲。那一天标在没有任何记录的日历上，那么多年过去了，一直避免见面。我感到自己快死了，快不行了，然后又变得十分强壮。"你是一头猪，"我对路易斯说，"你是一头肮脏的母猪，生了一窝蛇。永远不要再靠近我的家人。赶紧消失，否则我就一拳打死你。"我抱住帕蒂，然后沿着阶梯座位朝出口下去，边走边撞击那些肥胖的背和静脉曲张的大腿。那些人抗议了，我就用脚跟踩他们的脚，用我仅懂得的几句西班牙语骂他们：mierda de puta，或者反

89

过来说，puta de mierda，[1] 其他我就不会说了。太阳火辣辣地照着我的脖颈，汗水模糊了我的眼睛，黑翅蝇在空中飞来飞去，好像走投无路。

在一个棕榈成荫的广场上，有一个高高的喷泉，水非常清凉，人们都进去泡水。帕蒂和我也穿着衣服进去了。两个装殓工的寡妇在葡萄架后面看着我们，她们笑了，黑色的嘴加在一起也没有5颗牙齿，但她们就露出那5颗牙齿笑着，向我们表示友好，想告诉我们说，是的，生活的意义就在于喷泉，而不是斗牛场。

啊！帕蒂！我要永远念叨着你的名字。

*

当他们把我从乔的怀里拉开的时候，最大的惩罚不是公开侮辱。哦！我被关在一座空屋里达三个月之久，远离一切。监视我的是一个厨娘，她的黑眼睛像钉子一样埋在脸上，脸上顶着一个死人般的脑袋。一个装扮成园丁的男人步步紧跟着我，一有风吹草动就跳起来。

早上，是那个女人打开我的房门，晚上，是那个男的用钥匙把我锁在房间里……

在这种孤独中，我开始写东西，我被监禁的心灵仍然圣洁。我不知道我在保镖的跟随下一离开房间，前往沙滩，司各特就来

1924年

---

1 西班牙语，意为："他妈的婊子"，"婊子他妈的"。——译注

偷看我的笔记本。他逐字逐句地把我写的东西抄下来，有时是完整的句子，有时是整整几页，这些东西将变成养家糊口的中篇小说，他背着我悄悄地寄到纽约。可这一切都还算不了什么。

真正的惩罚是司各特通过律师寄给我的一封信，信中措辞温和，向我宣布："作为一个通奸的妻子，你应该明白，你失去了当母亲的权利。我不允许一个行为不检点的母亲为我女儿的现在和未来作出任何决定。所以，我请你行事谨慎，放弃教育帕特里西娅·弗朗西斯的所有权利。由于你已经失去责任感和道德感，我想这种安排会减轻你的负担：现在，你已经没有作为一个好家长所应该有的这些责任了。我将选择保姆、佣人、家庭教师、学校和她的娱乐方式，当然也包括度假的时间和地点。"

我太软弱了，不得不服从，而又有哪个律师会保护我呢？我又向谁求救呢？肯定不是我那个当法官的父亲：我们相距数千公里，中间隔着海洋。我想这种距离能使他们避开丑闻，我的父母是不会愿意缩短这一距离的。

对我来说，帕蒂永远失去了。巴塞罗那事件之后——那个充满暴力的小插曲，将留给我一段幸福的回忆，尽管表面上非常矛盾——事情就明摆着了：她一天也离不开的是她父亲，他是家中的主人，掌管着钱财，他很出名，受人尊敬（尽管这事越来越不像是真的，但孩子是爱或者是抛弃的符号，而不是幻灭和怨恨的象征），决定她的一切，而我这个披头散发的女人，是个疯子，天天要服镇静剂。我在诊所里一住就是几个月，几年——我毁了这个家。

＊

我离开了海兰医院，回蒙哥马利和母亲一起生活。母亲住在

1940年4月

亡夫留给她的塞尔路322号。这叫做落叶归根，或者说得更让人
不安一点：回到童年。在母亲的屋子下面不远的地方，有座小平
房。我想一个人住在那里，少吃少喝，安安静静。至少不要一天
吃三餐。我太胖了，胖得已经变了样，我在镜子跟前都认不出自
己来了。与此同时，我脸上的线条越来越粗，下巴越来越肥，眼
睛越来越深，陷到了眼眶里。由于缺少运动，安定药吃得太多，
我发胖了。我很讨厌这样。他们对我进行了加糖疗法，把我往死
里整。

我深信我从来没有像接受加糖疗法时那样悲惨……他们让我
大吃含淀粉的东西，给我灌糖，通过嘴或采用输液的办法……后
来，他们还给我注射糖分，让我晕了过去。他们做得太过分了，
以至于在接受加糖治疗的三个月后，我还不敢肯定自己是否已经
恢复了知觉，我重了20公斤。

（我的上帝……狗日的上帝，但愿在我的头顶，有某种东
西，有个高等法庭——啊，但愿它能把我从这种仁慈的折磨中解
放出来！）

帕蒂说，我大腹便便并没有什么关系，因为我以前太瘦了。
没有什么关系！我觉得自己走投无路了，不仅是在身体方面，在
精神上也是如此。我被关在两个东西当中，一边是囚室的墙，另
一边是我肥胖的肉。

92

我站在窗口，看见喷雾飞机朝田野飞去，洒下黄色或蓝色的细雨，这要看是什么杀虫药。我忧伤极了。司各特为什么要把我看守起来？为什么要把我关起来看住我，如果不是为了让我衰老和枯萎？我本来可以拥有乔的。我可以跟他生两个小孩。一个儿子，叫蒙哥马利，一个女儿，叫亚拉巴马。我们本来可以在沙滩上建一座坚固的房子，我来负责粉刷，我靠在他很有安全感的怀中粉刷，那是世界上最美好的地方。他是靠得住的。

　　我甚至都不恨司各特，我做不到。现在，我看他就像人们看一个10岁的小孩。我太爱他了，以至于我都不能告诉他他给我造成了多大的伤害。

　　明尼和我早就不说话了。她没有参加我的婚礼，我那个当法官的父亲的死，然后是小安东尼的自杀，使我们又像以前那么默契了。我们在花园里一起种花种树，妈妈在园艺方面知识渊博，她像个真正的行家，会插枝，会嫁接。通常，一到下午三点，我就感到疲惫了：我停止了一切运动，神经治疗、各种毒品和被关在笼子里的生活毁坏了我的身体，它已经没有反应了。明尼快80岁了，有时，她比我还愉快。当她看见我游泳游得脸色太苍白，太疲劳时，便拉我坐在拱门下面或泡桐清凉的阴影里，两人默默地喝着冰茶。她从来不谈弗朗西斯和他的加利福尼亚情妇，也从来不问我的写作和我画的画，也很少问帕蒂。帕蒂在离我们很远的大学里读书。

"离开这个临时逗留的地方"

1926年

冬夜里，我穿着奇装异服，一袭黑色的紧身连衣裙，镶着金色的小闪光片，在里兹酒店的灯光下亮晶晶的。我觉得大家都渴望我，觉得自己非常金贵——是人们的偶像！

我是世界上最出名的作家的太太，他是作家当中最年轻的，才29岁。而我呢，才26岁，却容颜憔悴，好像是他的侍女，他的母狗。司各特用他青蓝色的眼睛看着我，那种极地般的蓝色和他酒杯里的东西颜色相同。

"现在，你浑身鱼鳞，"他结结巴巴地对我说，"无法改变了。"

我还以为这是胡话，是酒后的幻觉。

"我太爱你了，司各特。我不是一条美人鱼，我没有任何魔法，只有对你的爱，傻子。""你这话可没人会信。"他咯咯地笑起来："而且，我并不以为你是美人鱼，而是以为你是个阴险

94

的女人。你太卑鄙了。"

这时，我又产生了那个念头，那是乔森去年给我的启发："告诉他，他是个戴绿帽子的丈夫，他会还你以自由的。"可是不行，不行，那个戴绿帽子的丈夫会把我赶走的。作为他的妻子——如果不让人渴望，那就永远一无所有。

应该相信，我们并不完全是普通人。我突然觉得必须让自己毁灭。作为一个小说家，司各特无所不能：惩罚了我之后，他还想改变我。

他找了最出名的心理医生。所以，我们还是处在名人当中。

*

斯泰因家里有那么多没有教养的人。路易斯这个自命不凡的家伙已经把晚会弄糟，他获得允许，念起了他最近的小说，只有几个法国人给他鼓掌，尽管他们一点都没听懂。我和勒内一起逃走了。真的，我宁愿去"黑人之家"、"波里多"、"圆顶"等饭店跳舞。勒内是个年轻诗人，身体不是很强壮（司各特很讨厌他），他和椰子住在一起，椰子是我们当中一个无法抵挡的鸡奸者——而且是个出色的画家，我可以肯定。他们把我拖到右岸的低级酒吧里，拖到蒙马尔特和香榭丽舍同性恋者聚集的酒吧。我在那里并没有感到太不舒服，而且，那里的舞会是国际性的，我很喜欢，人们的面孔有白有黑，各种肤色的人都有。司各特已经很久没有跟我跳舞了，也没有跟别人跳。他已经厌烦跳舞，他觉得那些红色的墙，橙色或蓝色的落地灯太可怕，他再也忍受不了爵士乐开始之前乐队演奏的探戈。我在那里觉得很新奇，好像既身在异域，又处在家中。那里的灯光经过花玻璃的过滤，显得非常柔和，让我脆弱的眼睛十分舒服；那里的音乐也激动人心。这些夜总会让我想起了曼哈顿郊外的小咖啡馆，尤其是亚拉巴马河湾的地下酒吧。星期六晚上，朱丽娅姑妈和她的妹妹会在那些醉醺醺、动不动就打架的男人当中跳舞。我和塔卢拉赫曾骑着自行车，穿过从舱壁上拆下来的两块木板，去看她们巡回演唱。然后，我们也跟她们一样：对外关门，几小时几小时地跳舞，毫无节制，裙子撩到腰间。

几个大小伙子，也许是想出卖肉体，他们摩挲着他，或把他抱起来时，他咯咯地大笑起来；有时，他们消失在女性禁入的地下室，他们说是吸烟室。椰子从那里出来时，满脸通红，傻傻地笑着，目光滞呆，他好像刚被人吻过。"这座城市非常惊人，不是吗？"他悄悄地跟我耳语道。好像所有的鸡奸者，所有的娼妓和所有美国的脏人都选择巴黎作为他们藏身的城市。没有什么禁令，用不着克制什么。

"好了，椰子，告诉我，我为什么无权吸烟？"

椰子大笑起来，搞得我很不自在。他从嗓子眼里发出来的笑声忧伤多于快乐。

勒内告诉了我一些更离奇的事情。比如说改变轨道。离开原先的轨迹，离开这个临时逗留的地方。[1]他说自杀是一种高尚的行为，只要死的时候身边有白色的茶花和几个插满紫罗兰的喇叭状花瓶：床单的血只会显得更红。我喜欢那些男人，喜欢那种幻觉。我为什么不是个男人？我很容易就会爱上男人的！我不一样。他们说我很软弱，脆弱，他们泼冷水说。So weird.[2]

　　"茶花是我的家乡的象征。"我说，"一个你们无法认识的地方——世界的屁眼。它叫亚拉巴马。"

　　"那好，我去你的家乡自杀。去亚拉巴马。"

---

1 此语出自勒内·克雷韦尔的诗。他认为我们这个地球是自杀之前临时逗留的地方。自杀是去寻找另一个世界。

2 英文，意为："如此怪异"。——译注

第 三 章
节日之后

"那是一个忧心忡忡的小女孩，在职业舞蹈家当中跳得筋疲力尽。强烈的反应，多次自杀，但都被及时制止了。"

——克洛德教授，马尔梅松心理医生
《关于泽尔达·菲茨杰拉德的报告》

鸵鸟

对生命的解释解释不了任何东西。

我跟海兰医院的年轻医生讲得越多，越觉得自己失败，听不懂他说什么。这些医生我见得太多了（"起码有一百！"司各特_{1940年}说。我听见他增加了薪酬）。

这个医生很年轻，很和蔼，蓝蓝的目光看着我，不试图剖析我，也没有怀疑我。

我一生中的13个月——这好像并不长，但已经太多了——我不得不躲起来写东西。我已经31岁了。然而，我接受了一个帝国，同意让一个妒忌的、神经质的、失败的丈夫来统治我，直到无法生活的那一天。

10年来第一次，我在两个大陆起码换了20家医院，这次，终于有个年轻医生对我说："我相信你。"

司各特喝得醉醺醺的，在洗手盆里撒尿，有时撒到旁边。早上可以发现地砖上有干了的尿滴和彩釉瓷砖上黄黄的尿迹。我在动物园看到过？然而，这却是我们达成的协议——起码，我们这样答应过——大的地方一定要干净，小事情一切都可以将就。我相信我正逐渐失去我丈夫。那个讲究的男人，以前曾那么吹毛求疵，疑神疑鬼，现在哪个蓬头垢脸的丑老婆子他都要。他身上甚至已经失去了自己的味道，恶臭难闻，让人掩鼻。他习惯屈尊，自甘堕落，也许早就堕落了，谁知道呢？

　　因为现在大家在损我们：他们说，司各特老得太快，说他发胖了，喝酒喝得脸都变了形。但那些笨蛋，他们知道什么？他的书就是他的心血，他的小说太少了，他为钱而写作的文章却很多，太多了。同样，他的书也是我的心血。对那些人来说，写作，就像是与自己的一场长谈，就像是面对家庭牧师的一场忏悔。（我想起了圣帕特里克的本堂神甫住宅，想起了那个身上有油炸味道的爱尔兰天主教神甫的所有布道。由于小祭坛上的花瓶里插着的宿球类花草，由于宿球类花草和有哈喇味的油，它们的味道和烧焦了的肉油味混在一起，我感到很恶心。我头昏脑涨。糟糕的结合，我心想，危险的婚姻。我觉得自己要晕倒了，要倒在一道黑一道白的地面上了）。对于其他人来说也同样，写作，就像在某位弗洛伊德先生或弗洛伊德女士面前睡觉[1]。

---

1 许多人认为，写作对作者来说就像是一种自我心理分析，这是不对的。泽尔达对当时诞生的心理学和心理分析学非常感兴趣。此处暗指弗洛伊德及其女儿安娜，安娜也是个心理分析医生。

不，写作意味着马上做严肃的事情，直接进地狱，持续的火刑，在一千伏的电击中有时非常快乐。

昨天，弗勒吕斯路，斯泰因家。

路易斯说："写作，就是跟同事拳击，你死我活。"大家都鼓起掌来，哈哈大笑。司各特用眼睛盯着他，既忧伤，又诱人。

"多愚蠢啊！"勒内嘀咕了一声。"美国的新一代就是这个样子的吗？"

"他差不多跟洗脚水一样深。"椰子用法语说，他说得很大声，让大家都听得见。"来，泽尔达，我们去真正的男人练拳击的地方。"

司各特看着我跟他们离开，脸上挂着蔑视的笑。然后，他转过身去，眼睛湿湿的，看着那个私底下已经侮辱过他的那个露着胸脯的巨人。但司各特并不认识他，司各特需要的是一个爱他、尊敬他的男人，不管这个男人多么残忍、会怎样背叛他。

我并不奢望他能像爱他父亲那样爱我，但我有时想，他是否有过一天爱我胜过爱路易斯、威尔逊、毕晓普。那种想拥有我的强烈欲望，是不是就是人们所谓的爱情？他从来没有像那天晚上看路易斯那样专注、专心地看过我。他张开的眼睛中跳动着火焰。那双眼睛，我只知道它是浅绿色的，非常漂亮，几乎是透明的，眼白里充满了酒精。黑色瞳孔中的那团火，是什么感情突然把它烧起来的？我不断地问自己。永远不会停止。

※

母亲年轻的时候我还没有出生（她现在老了，发胖了，生我的时候腰出了毛病），但她20岁时候的一张老照片表明她当年很有魅力：凝脂般的皮肤，蓝莹莹的眼珠，弯弯的鼻梁，一个高贵的鼻子，与她的胸衣和长长的英式金发、开拓者令人尊敬的姓氏十分匹配。

我可怜的母亲从来就不曾是美国妇女的典范：有一段时间，她曾梦想当演员和舞蹈家。但她父亲（也就是我当奴隶主的外公和议员）警告她，如果看到她光着身子在妓院唱歌，他会亲手掐死她。光着身子，这是他这么说的。可她无非是想表现表现自己博闻强记的能力：Brimée，bridée，brisée.[1]

然后是戏弄别人、粉碎别人。

举办独唱音乐会的夜晚，朱丽娅姑妈的头上总是插着栀子花。她的妹妹奥罗拉穿着像香烟纸那么薄的裙子，对她来说，唱歌是她可以公开的唯一收入，她唯一的愿望是一把宝石扇架的羽毛扇——那种奢华让我感到吃惊。我和塔卢拉赫最后在郊外一个可供跳舞的小咖啡馆后院找到了一个舒适的地方，一个绝妙的瞄准点，一个半开半关的活板门，从那儿只能看到女歌手的后背，姑妈沉重的肩膀，奥罗拉裙子里面漂亮的屁股，而在我们对面，那些激动万分、黑眼睛里燃烧着火焰的男人们好像看的是我

---

1 法文，意为："被戏弄、被摆布、被粉碎"。法语字典中按字母排列的顺序。——译注

们。一天晚上，我们躲在那里偷看被禁的表演时，被两个客人发现了。瞧那些人表情！……当他们意识到两个白人少女，议员和法官（他们的工作甚至就是评判像他们那样的黑人）的女儿们在那里时，当他们想到如果警察局长和他的人听到风声，会对他们进行怎样的报复时……她们什么不会说呢？显然会说她们被强奸了，被迫喝酒，最后，反正是被迫。这些有钱的白人小女孩，像巫婆一样，为了在他们执法的父亲眼里撇清责任，她们什么不会说呢？

姑妈在20秒的时间里，用三句话就把政策告诉了我。应该承认，我不喜欢这样。塔卢拉赫同样也不喜欢。因为小咖啡馆的走廊里人太多，听不清音乐，看不见跳舞，我们是很放肆，但并不想犯罪，不想惹事。人们在那里挺好的，在那里跳舞。跳舞可没罪。

• •

司各特在追我的时候，送了我一把蓝色的鸵鸟毛扇子，我一直留在身边，即使是在转院期间。扇子虽然没有发挥它的作用，却一直放在它应该放的地方：一个手提箱的箱底。

*

在巴黎的公共汽车上，在酒吧里，在爵士乐夜总会里，我碰到了许多黑人（在这里，人们都称他们为"有色人种"，我所

105

属的亚拉巴马贵族也这样说），这些黑人很自由，并没有与白人隔离，他们笑得很单纯。尽管他们很干净，比我们国家的有色人种干净一百倍，当他们敞开上衣或卷起他们一尘不染的衬衣袖子时，我有时还是会感到头晕，因为那时我仿佛又看见了我的姑妈保姆……总之，不是她本人，而是小女孩时期的姑妈……那么温柔，那么有教养，她在马厩里干活，把小小的我抱到花斑马的马背上。有时，我故意从马鞍上掉下来，想落到她的手臂上。在她的手臂上，非常，非常，非常痛。因为太温柔所以很痛，我想是这样。

今天回想起这些事，回想起她的白裙子时（裙子上的黑点像是用一种细笔蘸墨画上去的），那匹双人小马——对我来说是一匹大马——想跟我们说些什么。

1920年我离开家里的那天，司各特到车站里来接我——那天，我的王子把我抢走了——母亲变成了陌生人，她一脸厌恶的样子，在阳台上从头到脚打量着我。最后，她终于在我的头发上看见了姑妈……编织的栀子花环："当然……你只缺梳个黑人的发型了。"

跳舞

  克里希广场。我在练功房的扶手杠旁边度过了许多时间，脚尖都出血了。由于伸展四肢，大腿根也撕裂了。柳波芙说，我是一个容易冲动的女人，然后笑着拿起一支金嘴的红香烟，那是她从她失去的俄罗斯弄来的，我不知道她是怎么弄的。我不得不去路边喊出租车，我跛着脚，行走困难，双脚火辣辣的，大腿一瘸一瘸，像只鸭子。出租车司机很犹豫，不知该不该让我上车，好像我是个疯子或是危险人物。他最后也笑了，说："看到你走路的这种样子，我还以为你要分娩了，会在我的车后座破水。这么说，你是个舞蹈演员？在哪个酒吧跳舞？"

  我想当个女舞蹈演员。柳波芙对我说，哪有人30岁才学跳舞。我把一大沓绿色的钞票放在桌上，"我今年27岁，夫人。我小时候跳过舞，一直跳到16岁。"她耸耸肩，更用力地抽她的金嘴红香烟："那你还要我干什么？"

我希望大家给我一点时间。在成为明星之前，甚至在能跳芭蕾之前，让我当一个初学者，一个穿着可笑短裙的小女孩，一只动作敏捷的小老鼠。到了28岁就来不及了。真讨厌，柳波芙化了妆的眼睛似乎这样对我说。尽管如此，我还是被当做一个疯子。"那就每天晚上6点，我上完课以后来。"我说："可我不想一个人上课。我想跳芭蕾。"她更使劲地抽她红色的金嘴香烟，说："我想明天单独见你，然后再作决定。"

……菲茨不高兴了。我参加晚会老是迟到。到斯泰因、默菲、莫洛伊、古本基安、马罗纳家里吃饭时，我几乎不露面——please, leave me alone.[1]

有时，我能闻到你腋窝里的汗味，他说。有时，我在出租车里忘了重新打扮，他还说，我就像个街头女郎。我给他丢脸了。这并不是什么新鲜事，但情况会越来越糟糕。在圆顶酒店的地下室，卢卢帮我补妆。我想，她的可卡因对我没有任何作用，但我还是服了，因为她说，悄悄地喝一大杯美国威士忌，会让我显得更加高兴，更加自豪。

有时，我非常不愿意去盥洗室，宁愿坐在卢卢身边，看着客人们往茶托上扔小额硬币。有人下楼专门为她买烟，还有一些人对她做些神秘的动作，她消失在衣帽间，用一张折成四折的纸币换来一张折成八折的小纸条，里面装着卢卢要的量。

可以听见男人们在小便池里撒尿，听见他们冲水，但听不

---

1 英文，意为："请让我一个人安静一点。"——译注

见水龙头里流水的声音，也听不见香皂滑动的声音和擦手布卷的转动声。之后，他们会抚摸你的脸，会给你的面包片涂黄油，你会吻着他们的手指表示感谢。弗朗西斯喝醉的时候，也会忘记洗手。那时，我恨不得杀死他。他一上床，挥动床单扇风时，便散发出虾的味道。他们自己怎么就闻不到呢？如果他们知道，如果他们闻得到那种虾味，或意大利奶酪的味道，或死尸的味道，他们会脸红，会从床上跳下来的。

可是，不，他们闻不到。这是他们最重要的工作，是他们现在最主要的活：躲避他们自我吹嘘而自己却感到厌恶的身体。

我走进了司各特写作的小客厅。等待他的手指迟疑不决，等待打字机的铅字离开纸张、在重新击打下去之前悬空的几秒。司各特从椅子上惊跳起来。

我问他，我一定叫喊了起来："为什么？为什么我在相片上认不出自己来了？为什么我这个满脸笑容、一头金发的年轻女人，那么机灵，那么讲究，长得像个演员，头发卷曲，像只小羊羔，10天后却变成了一个可怕的老太婆，下巴方正、满脸皱纹，粗鲁得像个罢工的码头工人？"

司各特转过身来，盯着我："对我来说，宝贝，你还是原来的你。"

我不让自己用"办公室"这个词来指他写作的房间，办公室是职员、打字员、承保人和有钱的大老板用的，他们有自己的房间和带滑轮的写字台以及属于他们的皮椅。作为一个穷人——一个不光彩的穷人，他太时髦了。

来了客人，我总是对他们说是"他的私人客厅"，或者说是"工作间"。可我不欺骗自己，我对自己说，那是"散发着恶臭的房间"，烟草和高级烧酒混杂在一起的味道甚至把墙壁都污染了，那个男人不再关心自己的身体，他早上和晚上都会忘记淋浴，一周都不洗一次澡。这个男人变得吝啬了，模样都变了，懒洋洋的，听之任之。

我并不后悔自己的孤独：无论是在公寓还是在别墅里，人们从来就不想着替我留一个房间。啊！一个堆杂物的地方我都会感到很满足，一个小房间，让我也能写作。**理想伴侣**的计划中没有，**无望的一代**（那是自恋的白人家伙搞的东西）[1]的清单上也没有。

如果能把路易斯阉掉，我会高兴坏了的。割掉他制造分泌物的那两个蛋蛋。他对那个玩意儿感到很自豪，好像那是两个癌似的。唉，就像没有写字台一样，我也没有干那种事所必需的解剖床，而且，也没那么残酷。我身上的那个坏女孩已经疲惫了。厌烦了。很快就要咽气。

夜晚，我们从一家家低级酒吧寻欢作乐回家时，往往要穿过巴黎的平民区，让人担心的街区，黑漆漆的马路，脚底下的路面

---

1 美国作家杰克·克鲁克继"垮掉的一代"之后创造的新标签，这派人抨击我们所处的这个社会，认为它已经发疯。他们向往和歌颂新世界。——译注

黏糊糊的，废水和污水汇流在一起。而在斑驳的外墙里面，在黑乎乎的走廊里，在栏杆摇摇晃晃的楼梯上，白菜和炖菜的味道与楼层厕所里的臭味互不相让。那天上午，我们在寻找出租车离开知了酒吧时（夹在看谁都不顺眼的毕加索、多嘴多舌的科克多[1]、心不在焉的英俊的拉迪盖[2]以及三个戴着羽饰的公主当中，喝着温热的香槟，我们心里厌烦透了。那几个公主，明明是银行账号，却要冒充缪斯。）我们在小街小巷里溜达，到处都是翻倒在地的垃圾桶。屠夫们肩上扛着红红白白的冻肉，又冷又难闻的味道扑鼻而来。在小酒吧里，人们把白天的木屑铺在方砖地面上，看门人用力把消毒水倒在地上，好像专门瞄准行人的脚和流浪狗的屁股。司各特含含糊糊说出了这句可以说非常正确的话："不幸的小镇……一切都涂上了不幸的色彩。"我紧紧地搂着他，吻着他的嘴，忘了他让人恶心的气味。有的时候，我太爱他了。

这就像生活在一道亮光里，一道光晕把我们俩包裹了起来，随着我们移动。在那个时候，我们是永恒的。

*

昨天晚上，我们笑得那么欢，吃得那么开心，在座的人都是那么好，应该跳舞啊……

---

1 科克多（1889-1963），法国作家，艺术家，电影导演。——译注
2 拉迪盖（1903-1923），法国作家，著有《魔鬼附身》等。——译注

可是，缎子鞋里面，我的脚出血了，磨坏了。命运在召唤我了，微弱的希望破灭了。有人说，是我自找的，是我自己想堕落并一手策划了这种堕落。愚蠢！

我回想起谢里登军营的夜晚，我在那里跳舞会一直跳到双脚发麻，皮鞋在舞池的地板上磨得发烫。我脱掉浅口皮鞋，光着脚继续跳。飞行员们在给我鼓掌，机械师、报务员和调度员也在欢呼。我的裙子飞舞起来，我伸出一个手指，或翘着嘴，模仿着小伙子们的动作，尽管我并不明白那些动作的意思。我是年轻的妓女，蒙哥马利有钱人家里的一个小妓女。兵营或监狱里的亚拉巴马小姐。我不知道还有什么。

谁惩罚谁？谁说在男人的怀抱里不好，小伙子们要去参加愚蠢的战争了，他们是那么温柔，那么严肃，他们的臂膀是那么宽大。人们非常想把他们赶走，他们很碍事，在地铁和巴黎的危险场所，人们常常会遇到这些头破血流的家伙，纱布和头套使人们看不清他们的脸，他们残缺的身体是我们道德沦丧的写照。

"我希望你的态度再端正一点，"柳波芙抱怨说，"我已经习惯了那些把一切都献给扶手杆和镜子的人。他们把练习与艺术融为了一体，可让你觉得大逆不道的，是残酷的事实。因为，我的美人，世界上没有才能，没有天命，只有这种可怕的超强练习，让人出汗、呻吟、乞求，最后才创造成艺术。首先要忘记镜子。

"你怎么会想起来要跳舞的？你的大腿那么细，脚踝还没我的手腕粗。而且，从脚踝到膝盖，你只有骨头——没有一点肌肉，甚至连一点腿肚子都没有。孩子，你的大腿萎缩了。在你追逐错误的希望之前，让我这样告诉你吧！"

如果是这样的话，那我就加倍努力。我要剪掉我所有露脚的照片，让人们永远也看不到我笨拙的双腿。

天黑了。夜色中，我坐在巴蒂尼奥尔大街的长凳上，在那里闻得到栗子的香味，可以看到克里希的帕森电影院。那不是电影院，也不是戏院，而是一艘漂亮的巨轮，玻璃的船头在冰上面前行，想驶入阿姆斯特丹街，然后从船坞一直拐到圣拉扎尔车站。有几天晚上，我太疲惫了，离开了练功房。我太累了，不想再看外面的世界，于是来到巴蒂尼奥尔大街的这张长凳上，凝视着这座像船一样的电影院，直到忘了时间。我在想，我是否看到过比这更漂亮的建筑，我是否应该说这是纪念碑，一座如此脆弱的纪念碑，冰冷冰冷的，很雄伟，闪耀着万盏灯火。

……地铁站的台阶稍后好像也闪耀起来，掺杂着云母石的黑色沥青使人每走一步、每走一个台阶，都好像在慢慢地走向那个倒扣过来的天空，像黑夜一样的隧道。你在拱顶下面徒劳地寻找一个友好的星座。

圆顶酒店的露台。我迟到了，但谁也没有说什么，他们都在欣赏基基，那是个年轻而漂亮的妓女，给穷画家们当模特儿。她中毒太深了，现在就可以看出她的将来。男人怎么能一个接一个地跟这样的人睡觉，一点都不感到恶心。他们没有任何值得骄傲的地方，除了喜欢把自己的那玩意儿浸泡在前一个人的脏东西里，他们的激情来自污染。5个小时以后，这个基基又在赛马夜总会唱歌，老板要她闭嘴：她的大嗓门把音乐都盖住了，吵得别人都没法跳舞。我的左脚痛得要命，我想回家，但走不动。司各特耸耸肩。他不想离开舞厅替我找出租车。

司各特说我吃醋了，说那个基基是许多现代大画家灵感的来源，说我对她的歌唱才能毫不了解。司各特说："我不让你坐地铁。你没有任何危险意识——况且坐地铁也不舒服！啊，还有，别再一瘸一瘸了！让人可怜。"

我都不知道最后是怎么来到吕西亚饭店的酒吧的，更不知道天亮的时候我们是怎么在波斯王子的车子里面重新见面的。司各特大叫起来，激动得满脸通红，高兴得像个顽童："他把钥匙给了我，宝贝！我有车子的钥匙。"我和两个娼妓坐在后排——一个女孩，一个男孩。前排是马克斯韦尔，他觉得太难受了，求司各特让他来开车。当车子摇摇晃晃地来到卢浮宫通往宫内的一条拱顶狭廊时，我听见马克斯韦尔轻声说："谢天谢地！"但到了里沃里角的第二条狭廊时，车子偏离了轴线，左边的柱石碰到了前挡泥板和司机一侧的车门。这时，是的，我叫了起来。我想我破口大骂了起来，那些脏话我都不知道是什么时候学会的。马克斯韦尔说："泽尔达，冷静点，这无济于事。"司各特愚蠢地笑着，结结巴巴地说："啊呀，我的宝贝不高兴了。我的宝贝生气了。"我的脚很痛，痛得没法从车上跳下来夺路而走。

在我们所住的大楼底下，马克斯韦尔告辞了，命令两个娼妓跟他走。我们刚刚从嘎吱嘎吱的电梯里出来（司各特再次走在前头，让装有横档的小门关起来时夹到了我的手指），甚至还没有跨进家里的门槛，他就开始骂我，说我怎么敢那样当众跟他说话？而且是当着他的出版商的面说那样的话。那个波斯王子也就罢了，可当着马克斯韦尔怎么能那样说呢？

我说："你只在乎马克斯韦尔的意见。他也许是你唯一的真正朋友。他那么多次把醉得烂泥似的你扶起来，离开酒吧，他对你呕吐出来的东西的颜色和味道已经烂熟于心。可我只关心他妈的那辆车子，就像你说的那样！我们哪有钱去修车？"

这时，他想过来向我动粗，但在地毯上跌跌撞撞，脚步不稳，他骂道："臭婊子……马克斯韦尔是我的朋友，不是你的朋友……永远不会成为你的朋友……马克斯知道该怎么对付你，你等着吧！"他踉踉跄跄地往前迈了一步，好不容易站稳了，又摇晃起来。这次，他双脚在地毯上绊倒了——地毯也是波斯的，我这样想着，却忍住不笑。我帮助他站起来，扶着他的腋窝，他推开我，想打我，但两个拳头软绵绵的。我松开了他，他的双手和双臂拼命地挥舞，想让身体保持平衡，苍白的脸一时紧张起来，闪现出青春的光芒，然后，又严肃起来：他往后仰去，猛然倒地，头碰到了桌脚。

他气得眼泪都要出来了："婊子！该死的婊子！你也跟马克斯睡过？你跟我所有的朋友都睡过！想让他们都讨厌我……让他们躲着我……离开我……背叛我！"

我在心里暗暗地说："司各特，我没有跟任何人睡过。没有跟你的任何朋友睡过。"

他站起来，紧紧地抱着椅背，用目光打量着我，也想测量一下到我躲藏的浴室最短距离有多少。他冲了过来，并且加快速度，但膝盖一软，像斗牛场的公牛，大腿发起抖来。他太失望了，动作已经失控，最后跪在了方砖地板上，下巴碰到了浴缸的边缘。我抓起一个敷料盒和双氧水瓶子向他扔去，说：

"现在，你终于有了一个伤口，傻子，像坚强的男人，像真正的男人一样脸上有了一个伤疤。你也可以去炫耀了，说自己打过仗。"

他呻吟道："路易斯……不，你得不到他的。路易斯是我的。"

我说："不如说你是属于他的。我把你让给他。你的那个朋友永远不会成为我的朋友，这是肯定的。"

合上小药箱的时候，我在镜子里看见了自己的样子。我好像是个百岁老太。一百岁了，时间不会倒流。飞行员离我那么遥远。我做了些什么呀？

＊

卢卢给路易斯取了个绰号叫"哦白痴"[1]。卢卢说："你们这些美国佬，我通常对你们都抱有好感——不仅因为你们付小费慷慨——可那个人，我觉得他真的不怎么样。他太自命不凡了！

---

1 路易斯的姓奥纳德O'Connord改一个字母即成O'Connard，法文意思是"哦白痴"。——译注

116

你以为我一定要干吗？我并不感到得意！像他那样的家伙，我认识得太多了，见得太多：他太自以为是了。可泽尔达，我这样对你说吧，他是个让人看不起的人，一个讲大话的人，一个说谎成癖的人。人们私下里都这么说："他的战绩，他在战争中的英勇行为和他参战的次数——这一切很可能都是夸张的，如果不是完全编造的话。'"

他太自命不凡，太自我膨胀了。他一边看着我，一边抽着古巴雪茄，然后向司各特投去沮丧的目光——他残忍的微笑暴露了他的内心："可怜的菲茨，你真的娶了一个疯狂、愚蠢的大婊子。"

这个勇敢的菲茨，脸红得像个初出茅庐的小年青，把他的话当《圣经》，好像自己不是我们这个时代最伟大的作家，可他呢，卢卢所说的那个"哦白痴"（我现在想起来还忍不住要大笑），是个蹩脚的作者，给我们这个时代丢脸，是美国有史以来最差的作家。司各特以为自己需要路易斯，需要他运动员般的举止和他坚定的爱国主义精神，以平息自己作为男人的痛苦和作为艺术家的忧虑。而事实上，是那个人，那个才华枯竭的不倒翁，附在斗牛士身上的吸血鬼，在汲取司各特的才华，吸他永远缺乏的高贵的血。他将在他以后的小说中表明，他其实对男人和女人一无所知。要弄懂男人和女人，就要学会爱。路易斯这个白痴只爱他自己，这太不够了，花招要得太频繁了……

"一个只能骗傻子的花招。"卢卢这样说路易斯这个英雄。但那种骗子，她见得太多了，他们的谎言她已经听得太多。我对卢卢说，她头上的方巾非常漂亮。"是夏帕瑞丽牌的，很美。是一个上流社会（或半上流社会）的女士忘在长凳上的。前厅的侍应领班加斯东从台阶上跑下来，把它送给了我。"她解下方巾，让我看个仔细。我笑了：卢卢用高级丝绸遮住了自己皱巴巴的衣服。她摸索着卷发的夹子，看看头发是不是已经干了，然后慢慢地松开了发束，用一枚针到处搔头皮。她破损的指甲涂成了古铜色，和丢在茶盆里的硬币颜色一模一样。

柳波芙惊慌地大叫起来，她发现我的脚感染了："你疯了，弄到了这种程度。"我们坐出租车去了拉里布瓦西埃，一个外科医生割开了我的脓肿，然后低声对我说："我的孩子（听到别人这样叫我，我不由打起了寒战。一时间，我想起了法官干巴巴的手臂和那个当父亲的严厉的双手，他从来没有拥抱过我，也没有抚摸过我。那个有着一脸红色大颊髯的医生 ——说实话，他长得像个食人魔，非常可怕——好像最终想让我明白，一个真正的父亲，一个胸襟宽阔的父亲应该是什么样的），我的孩子，如果我们不给你截肢，你就该谢天谢地了。你的伤口里有脏东西，叫做金色葡萄球菌。"

"金色的？已经是金色的了？"

我装出自豪的样子，但声音却在胸腔里颤抖。

"别笑得太厉害了，我的孩子。我还要告诉你：你得停止跳舞了。"

"停几个星期？"

他圆睁着大眼睛，他的睫毛也是红的。

"停……停一辈子，我的孩子！再也不能跳舞了，永远不能跳了。我得把你足弓里的一块肌肉拉直，否则许多韧带都会萎缩的。"

"我会残废吗？我会产生坏疽，你们会把我的脚锯掉的，是吗？"

"你总是喜欢夸大！你只知道走极端？坏疽怎么处理那是我的事，让我来解决。你呢，我希望你一定要理智。（说到这里，柳波芙·叶戈洛娃耸耸肩，使劲摇头；我想起来她是她那个地方的公主，特鲁贝茨科伊的公主。）凭你这种要强的性格，我敢断定，你还会去骑马的。很难看见你成为瘸子。跛脚，这有可能……瘸腿是绝不可能的。我相信你很快就能改正过来。"

马尔梅松疗养院

1930年4月

"我从来没有当过家庭主妇，也没有当过家庭妇女。家务活我让女佣干去。我不会做饭，更不会煮鸡蛋。洗碗，洗衣服，Nada[1]。其实，也没有什么要管的，房子不用管，家务不用管，洗濯间不用管。我们总是住在带家具的旅馆里，搬来搬去。由于什么都没有，我们花销巨大。比如说，我们从来没有想过要买一对床单。至于像女佣人那样，给床单或手帕那样的小东西绣花，教授，你可以想象一下，更不是我干的事。我喜欢这种生活，喜欢这种旋风般的生活。司各特这样对他的朋友们说：'我娶了一个龙卷风。'教授，你不知道亚拉巴马的风暴有多厉害。我就像家乡的天空，说变就变。最后被困在病房里，变成一个断腿女人，穿着束疯子的紧身衣，这是命运对我的讽刺。"

---

1 西班牙语，意为："什么都不会"。——译注

"我永远不会，我说的是永远，我永远不会给我女儿做饭。"

"我从来不懂得如何使唤仆人、奶妈或厨娘。"

"总之，我从来就不喜欢吃。在很长一段时间里，我只在半夜里吃菠菜沙拉，喝香槟。在巴黎，有些女人也模仿我，她们把它叫做'美式半夜餐'。但两天后，她们就晕倒了。我极端的身体不需要任何燃料。"

"厌食症？还有什么？哮喘，湿疹，你不觉得人们都认为我的毛病够多了，不再去给我找新毛病了？是的，我掉了8公斤。因为我每天跳5个小时的舞，跳完后，我太累了，再也吃不下固体的食物。啊！你知道吗，昨天，我离开公寓到公园里去散步时，在走廊里遇到了我认识的两个长期寄宿在公寓里的客人：雷翁，俄罗斯芭蕾的布景师；拉威尔是音乐家。他们告诉我，他们在那儿劳累过度。难道我们大家不都这样吗？……酒精，酒精又怎么样？我知道自己醉了，因为没有那一升酒，我就没有勇气或者说没有脸皮上出租车。别担心酒精。等我重新跳舞的时候，就不会再有问题了。"

"我丈夫是否对你说过，那不勒斯的圣卡罗芭蕾舞团想请我去跳独舞？去演歌剧啊，你明白吗？我得尽快出院，教授，那是我一生中难得的机会，我怎么能错过？我的脚治好了，我终于要去跳舞了。啊！那不是个明星角色，而是一个比主角有价值得多的配角。我已经习惯演堕落的配角。"

· ·

"他，那个飞行员，他让我吃。没什么东西吃，两串松果，三串葡萄。他在沙滩上升起了篝火，我们吃早上钓的鱼，晒干的糖腌西红柿，桃子和杏子。他用长笋瓜的花来做馅饼，很精致，轻得像空气——我小时候吃的菜是那么油腻、那么粗俗，简直是对身体和味觉的侮辱。"

"一天，飞行员在我们的小屋里洗碗。他向我转过身来，灿烂地微笑着，眼睛里闪着狡黠的光芒：'让我打消一个疑虑：你确实是个女人，是吗？'"

· ·

"我哭了，你说什么？是吗？……啊！瞧……我哭了。"

"如果我闭上眼睛，如果我伸出手，我就可以摸到他的脸和他总是湿漉漉的鬈发，闻到他棕皮肤的男人的味道。"

"我最后一次哭，应该是在6岁的时候。非常久远了。"

"我知道别人是怎么说我的。知道司各特、我的母亲和我的姐妹们他们是怎么对你说的。"

"他们撒谎，或者这么说吧：他们弄错了。司各特和我，我们彼此需要，两人都在利用对方来达到自己的目的。没有他，我会嫁给一个死气沉沉的男人，亚拉巴马的代理检察长。这么说吧，我也许会在口袋里装满铅块跳河自杀；而没有我，他也永远不会成功，也许连作品都发表不了。别以为我恨他。我是假装恨他。其实我欣赏他。我读他的手稿，替他修改。《了不起的盖茨比》，这个书名是我替他想出来的，而司各特却陷入可笑的假设当中。教授，我尊重我丈夫，但两个人之间的这种事并不是爱情。"

"爱情，我在弗雷瑞斯的沙滩上体验过。"

"爱情，对我来说，只持续了一个月，这个月让我的生活变得十分充实。但愿你能知道是多么充实。"

"我知道，对你们来说，只有家庭才重要，才有意义。对世界上的大部分人来说，这也许是对的。可我不是个与众不同的人吗？如果我对你说，我与那个飞行员度过的那个月比其他一切都重要，你为什么不相信呢？"

"我和司各特不是丈夫与妻子的关系。也许是兄妹关系，就像毕晓普[1]和威尔逊[2]所说的那样。但我们不是情人关系。从传统的意义上来说，我们没有结婚。"

"在弗雷瑞斯沙滩上的那一个月，我相信我懂得了婚姻曾是什么，又可能会是什么。"

· ·

"我跟你说过我丈夫是同性恋吗？说过？我早就知道了，这正是他身上吸引我的地方，并且让我犹豫不决，不知道该不该嫁给他。啊，当然，他本人对此一无所知。"

"我们开始组成一对同性恋夫妻，非常出色，关系密切，却又丑闻不断。我这样说我们的事情时，司各特耸耸肩。然而，我

---

[1] 伊丽莎白·毕晓普（1911-1979），20世纪美国最重要、最有影响力的女诗人之一，美国文学艺术学院院士，桂冠诗人，曾获普利策奖和全国图书奖。

[2] 埃德蒙·威尔逊（1895-1972），美国作家、评论家，早年在普林斯顿大学就读，和菲茨杰拉德是同学。

对自己的直觉深信不疑。"

....

"我回到我说过的事情上来：不管怎么说，在我们结婚初期，我还是履行了我作为妻子的职责。当我们还在美国的时候，我就有我的家庭职责。由于我们一直在旅行，每到一地，司各特就派我去找走私酒贩，以便能弄到当地最好的烧酒。司各特对酒的质量可一点都不马虎。我心甘情愿地做着这事。如果我真的爱他，我会做这样的事吗？如果他真的爱我，他会让我去做这种事吗？"

*

我说过我想回家，再去跳舞。克洛德教授说："回去吧，我的孩子，我不觉得有什么不妥的。好好休息。" 一个星期后，当我发现路易斯和司各特在房间里时——是在哪里？在佩尔戈莱斯路还是在提尔西特路的公寓里？抑或是在乔治王旅馆？——我的病可怕地发作了，得给我注射吗啡。打了三针，让我平静下来。克洛德教授声称，我一定是违反医嘱离开马尔梅松疗养院的，说我是逃出来的。司各特当然相信。

通往瑞士的那条道路漫长得好像没有尽头，车子里死一般静寂。我的堂兄纽曼在车上，他从布鲁塞尔来劝我进精神病院。有时，我好像觉得我的姐姐罗萨琳德也在，和我坐在雷诺的后排。

她的微笑在黑暗中闪耀，独眼眨呀眨的，像一盏友好的车灯，向我投来慰人的光芒。

我撕毁了四年来我一直带在身上的柳波芙的照片，把我跳舞的裙子和一个装满舞鞋的手提箱也扔了。那天晚上，我醉醺醺地来到练功房，大骂所有的人，大大地伤害了柳波芙。柳波芙求我说："我们让你在'疯狂的牧羊女'中跳一个主角。你现在不能拒绝，你不能放弃了。"疯狂的牧羊女！我发起疯来可一点不抒情，一点不可爱。我知道我使尽了全力，到了身体的极限，但仍没有达到完美的境界。这具身体总有一天会放弃我的。我眼看就要被耗尽了。然而，跳舞是我在世上所拥有的一切。

普昂甘河边

> "……但愿我能给我丈夫带句话，他觉得把我扔在这里，让我落在这些无能者的手里是有道理的！人们告诉我说，我的小宝贝是个黑人……多么恶毒的玩笑啊！"
>
> ——F.S. 菲茨杰拉德，《夜色温柔》

"亲爱的菲茨杰拉德夫人，你勇敢地经受了电击疗法的考验。你现在已经平静和稳定，我们将开始语言训练。慢慢地减少治疗。我会要求你回答一些问题，当然，这些问题你可能会觉得很滑稽，但我希望你能非常严肃地回答它们。"

"我叫泽尔达·塞尔，1900年7月27日生于……瞧，我不大严肃了，既没有说城市，也没有说国家。问题不大吧？"

"继续吧，别担心。"

"我是弗朗西斯·司各特·凯·菲茨杰拉德的妻子，他是我的孩子们的父亲。"

"孩子们？"

"司各特想要个儿子，天哪，我一点都不反对。于是，我给他生了个儿子，一个非常漂亮的小男孩。他叫……一个非常漂亮的小男孩……我会忘记名字和地点吗？……蒙哥马利，当然，我叫他蒙哥马利。蒙哥马利·爱德华·凯·菲茨杰拉德。我和他爸爸叫他蒙蒂。他是在洛桑出生的，在医生的产钳中，他只比小老鼠大一点。一只粉红色的软绵绵的小老鼠。"

"哎，泽尔达，你接受治疗了吗？你在房间里藏了酒？"

"医生，你不相信？我丈夫不反对堕胎。如果一切都安排好的话，他会非常支持堕胎。在那种情况下，孩子也许不是他的。"

"你又开始了。为了指责他，你编造了一些故事。"

"你愿信谁信谁吧，我有个儿子，我这一生中，某天，有过一个儿子。"

*

对我这样一个只爱跳舞的女孩来说，固定椅有点不人道，是吗，herr doktor[1]？

---

1 德语，意为："医生先生"。——译注

肖蒙笑了。他是法国人，从内心里反对德国。只有在这一点上我们有共同语言。

*

我被扔在这个极其陌生的地方，被扔在一家医院里，扔在死寂的湖边。我独自在此很快就要一年了。湖边静寂得让人想投湖自杀。我靠写作来打发时光。我在本子上写的主要是关于乔的事，但我感到写得很痛苦。

我像个少女，满怀深情地写，尽管我已经不再是少女。我得写写战争，一场两个人的战争。肖蒙医生有一天对我说，今天早上我妒忌了。我耸耸肩，回答说：我丈夫爱跟着谁睡就跟谁睡，那张床从来不是我们喜欢的地方。医生摇摇头："不，你没有明白。我是说你妒忌他了。不是妒忌另一个女人，是妒忌他本人。"

妒忌司各特？这太可笑了。"我没有妒忌，"我回答说，"我愿意成为他，成为他胸前的一根肋骨，他手上的一条皱纹。离开这个世界我会非常好。我想跟他生的唯一的孩子，就是他本人。"

医生说："瞧，你撒谎了。你对自己撒谎。你最好的地方，就是这个世界。你希望你和他都成功。这种欲望，这种希望成功的疯狂让你筋疲力尽，"他垂下眼睛，"我年轻的女士，你并没有结婚，你只签了一份广告合同。"

我有那么厚颜无耻吗？我17岁的时候就已经这样了？这可能吗？

住在弗雷瑞斯或瑞昂滩的海边木屋里我会觉得更舒服一些，在那里，他可以写作，我可以跳舞，可以画画；他可以白天黑夜都写作，我可以白天画画晚上跳舞。我们可以过着非常惬意的生活。

其他的一切都不重要。你要明白：没有忧虑，没有陌生的身体，没有任何东西伤害我们的团队。谁也不会挑我们的狗或马的错。我们全都在跳舞，大家都在等待曙光初露，海上泛起白色浪花的时刻。是谁想把这些从我这儿偷走的呢？

第 四 章
回到故乡

"分手吧，我们只能这样。"

"可我们以后怎么生活呢？"

"像人类一样生活。"

——胡安·鲁尔福

《佩德罗·巴拉莫》

胡安·鲁尔福(1918-1986)，墨西哥著名作家。

1932年，巴尔的摩，马里兰州

我的眼睛很累，见到一点光亮就受不了。套房里的灯安装得低低的（不，他们告诉我，这不是真正的套房，而是豪华医院里的一个大房间），灯泡外面包着布和丝绸，如果我要外出，我首先要戴一副墨镜和一顶宽檐帽来遮挡太阳。那样，我不像个老太太了？随它吧：我才不在乎呢！

今天上午，司各特给我送来了一些东西，但他不愿意上楼到房间里来。我们坐在医院大厅巨大的椅子上。那是一个非常高级、非常安静的无人地带，很像是巴黎大酒店的大堂。他觉得很尴尬，胡言乱语，我做着鬼脸，算是回答。"其实，"他对我说，"大家都误会你了。你深藏不露，是个小丑，你永远是我亲爱的小丑，忧伤的小丑，快乐的小丑，可爱的小丑，恶毒的小丑。和你在一起，我不会感到烦闷。"

而我呢？我会不感到烦闷？谁会关心这一点？谁会对此感兴趣？我是个被欢笑淹没的小丑，是个被脂粉掩盖了的小丑。

今天上午，他真的给我送来了我要的一半东西：五摞纸，是的，但他忘了打字机。他阴险地把他的钢笔递给我，我不要：昂贵的木杆金笔，又没有墨水换……不过是写字的工具罢了，给我女儿写一封信，还有做糕点的一份食谱。行了，这样就可以了。

我来到医院的保险室，要求看看我的珠宝。我小心地从里面拿出镶嵌着蓝宝石和钻石的首饰别针，那是我们结婚10年的纪念物。那个长得和卢卢酷似的女护士（同样憔悴的脸，同样的嘲笑，同样浓烈的酒味）建议我换一架便携式"安德伍德"牌打字机，我没有问她这机器是从哪儿弄来的，立即把一张纸塞进卷轴，打起字来。两天后，酷似卢卢的那个女护士给了我一盒复写纸。

· ·

1940年

我以前很漂亮，至少在中学时大家是这么说的。但他们全都是些乡巴佬，我的姓氏、我的无礼和我的大胆都使他们震惊。今天，这已经不是问题了。喝得那么多，却不吃东西，也不睡觉，这确实没什么好处。一切都被大大地糟蹋了：已经损坏的身体不再有任何欲望，你也不会再想去看商店里的橱窗。

那个新来的女人，谢拉（用法语讲是"谢了"，很滑稽的名字，而且难以翻译），她仅仅是漂亮而已吗？人们告诉我说，她

134

的头发是金黄色的，但还没有变成淡黄色，苗条但不消瘦，皮肤光滑，人很可爱，小小的鼻子有点翘，笑起来傻傻的———个美国小宝贝。她白白化了那么多妆，最后承认自己缺乏才能，改行当秘书或类似的行当去了，至少那些职业不会使她黯然失色。这个好人最终成了自己的主人。

啊！也许她会接受我一直拒绝的角色：收集和保存女崇拜者的信件。可是，没什么信，他们在马里布海滨破烂的小屋里收到的仅有的几封信，都是法院的执达员寄来的。

1932年，和平

我被关了四个半月（按正规的说法是休息疗法。两年来，我休息什么了？我很快就会忘了人们所谓的疲劳是什么意思），昨天被释放了。谁也没想到我会出去（司各特醉了几个星期了，他随手记下了日期，然后又忘了）。我要求菲力蒲医院派一辆救护车送我到我们位于和平的新居。我不知道这个法国地名是怎么来的，但对我来说，对我和我们家的状况来说，我觉得它很有讽刺意味。司各特并不吝啬：那座维多利亚时代风格的屋子共有15个房间，花园也同样大。我还记不住仆人们的名字——这种事很久以来就与我无关了。司各特勤奋写作，重获信心了，他说。他每天喝三瓶杜松子酒和三罐啤酒。帕蒂在邻居当中找到朋友了，那些孩子跟她年龄相仿。我没有任何东西要说的——我讨厌那些邻居，但在没完没了的晚会上，我默默地忍受着他们。我们在扮演有钱人。

我好像也变聪明了。10年前，我在晚会期间感到烦闷时，会不惜脱光衣服，当着众人难为情的目光，在客厅里跑来跑去，把洗澡水放得哗哗响。今天，这种挑衅（这种事情，我只觉得很自然，快乐，有趣，而且，能让我们在曼哈顿、巴黎或昂蒂布的老朋友们都发笑），甚至这些小小的丑闻都不再使我高兴了，只能让我女儿觉得尴尬。她很要面子，很保守。

我嫁给了一个野心勃勃的艺术家，我陪伴一个债台高筑的著名酒鬼已经12年，成了一个最自命不凡、庸俗可笑的妇人。我已经半年没有见到女儿了。我送了她一匹花斑小马，她非常自信地上了马，很是潇洒。

那是在几天后的一个晚上——又喝得醉醺醺的——他懒洋洋地躺在椅子上，眼睛半睁半闭，说话断断续续，而我呢，用脚打着拍子，在香烟弥漫的客厅里旋转——松鼠也在笼子里转动轮子，直到累得昏死过去。他说："这个你不能拿去发表。写得太差了，胡拼乱凑的东西。想想咱们的女儿吧，婊子！好歹当一次母亲，为她想想！"

我说："你觉得是这样吗？我会碍什么事？你行使权力把我关了起来。如果说我利用这被关的四个月写了一本我的出版商会喜欢的书……"

他说："是我的，是我的出版商！"

我说："……你对我的权利已经到期作废，你不能禁止我发表它。"

他说："我是家长，不是吗？我有权……我有责任保护我的

137

女儿……保护我的姓氏……保护我的钱。"

"什么钱？老兄，我们输光了，已经分文不剩。"

他说："我有权利。我是作家，是家长……你在你的蹩脚文章中提到的那些插曲，它们都属于我……属于我的小说，你没有权利拿走。"

"啊！真是可笑！你是不是昏了头？那是我的生活，我把它写了出来。"

他说："你偷了我的素材。如果你侵……侵吞了我的灵感，如果你偷走了我的工具，那我们还靠什么生活？"

我说："什么灵感？什么小说？你是说人们期待了10年而你每个月只能写出一行字的破书？"

他说："你是小偷。一个疯子，一个破坏文物的人。你以为自己是什么东西？你想让大家都知道你在抄袭我吗？你想让大家都知道，写在纸上的这一派胡语全都是直接从疯人院里出来的吗？你总是忍不住要破坏一切。你无法控制住自己，可我要制止你……"

金钱就是他的所有回答，一切借口。

*

1922年
韦斯特波特

"你知道，宝贝，如果出现我的名字，杂志会卖得更好，杂志社的老板一定要这样做。如果我和你一起签名，他就多给500美元。"我不假思索，我信任他——我想我爱他，爱得那么天真，以至于"爱"这个字眼今天还出现在我的脑海里，用来指我们之间那么缺乏爱的关系——我也想要钱啊，但不想报复，不像他，想到自己曾是个穷孩子，混迹在富人当中，心里就酸酸的。他父亲是个窝囊废，甚至连卖肥皂都不合格，被那个庸俗的洗涤商当做是一条狗。（也许正是这一点使我们俩走到了一起，使我们那么渴望快乐和征服：每个人都有自己的办法，我们的父辈太让我们蒙耻了。那个法官太老了，太烦人了，太缺乏魅力和能力。每天晚上7点半就睡觉，一年到头天天如此。我的朋友和向我求爱的人都不相信自己的眼睛。我一直以为他们在背后嘲笑我。我从来不知道父亲在想什么，乞求什么，希望什么，他是否有遗憾，有什么小小的愿望，有掩饰起来的伤口，甚至连那种秘密也不能使他吸引我。）

我最初的小说将以我们两人的名字在报刊上发表：

《我们的影后》
现代故事
司各特和泽尔达·菲茨杰拉德 著

后来，有人悄悄地忘了——可这迟早会发生——在文章底下署上我的名字。"2000美元，我的宝贝，我无法拒绝。我很难发表这个故事，你知道。只有《芝加哥周日报》的那些混蛋愿意……条件是，我作为这篇文章的作者。我们不再给他们任何东西了，好不好？"他们说这是父爱。Let's father the story on him.[1]

---

1 英文，意为："让我们把他当做这个故事的作者吧。"——译注

根据神权，写作是男人的权利。母爱这个词的意思无非是生育和抚养后代，打他们的屁股，在他们的作品不足以传世的情况下，让他们的后代来继承他们的姓氏。

继《芝加哥周日报》的那帮混蛋之后，还有《星期六晚邮报》的那帮无能者：问题出在编辑部的秘书身上，那家伙可能是初出茅庐，愚蠢地把泽尔达改成了弗朗西斯·司各特。"天哪，这是天大的谎言。"司各特也承认。我说："这是出版史上最幼稚的行为，最惊人的改动。不是吗？"他说："啊，宝贝，别这样看着我，坐下，喝一杯，今晚我可不想吵架。行行好，宝贝。"我没有吵架，只是停止跟他说话。我沉默了两年。但愿我能把我的笔记本藏起来。侵占者感到自己被侵占了。（啊！他可能一直在到处寻找：藏东西的地方每个星期都换，正如法官所说，我很会藏东西。）

……但今天晚上，已经为时太晚，尽管他喝醉了酒糊里糊涂，但他知道了这一点：我的小说会出版的，他无法再像12年前那样加以制止了。那天晚上，我们大吵了一架，他不让纳唐出版社在我喜欢的《时髦人士》杂志发表日记。我本来很想知道他是否喜欢我的文章。然而，当他抛弃了我的身体的时候——性不是他擅长的项目——我的私人日记通过联姻成了他的肉，他毫不留情地啮咬它：没有那些笔记本，他的第二本小说会是一个空信封。

在分配心理寓言的角色时，他们这样要求我："你来扮演妒忌。"但现在妒忌的是他，我英俊的丈夫，我的吸血鬼，他看到我用自己的翅膀飞翔，气愤极了。我很快就要靠自己的钱生活了。我的一个中篇明天就要发表在克里姆林宫杂志上（我又想起了过去那个玩笑，人们把它叫做"斯克里布纳的杂志"[1]），拿到1253个美元。小说的题目叫做《愚蠢鸳鸯》。司各特对此一无所知。问题是：我要等他酒醒的时候把报纸塞到他的鼻子底下，还是乘他醉酒的时候加剧他的仇恨，让他也失败一回？答案是：你什么都不会做，你会把杂志藏起来——甚至在读过之后把它扔了。那就行行好，让大家和平一阵吧！

……在写以上这段话的时候，我又回想起自己当少女的时候，曾在妈妈写的一个芭蕾中跳一个女疯子的角色。蒙哥马利大剧场的舞台上张起了黄色和黑色的华盖。明尼替我改了一件衣服，绣着黑色和金色的花边，下面缝着小小的钟状花。《蒙哥马利导报》认为我演得非常出色。那是在我成功的时候。我就是蜾蠃。铃声已经发出了警告。

我说这些，是为了笑一笑。笑一两分钟。

---

1 斯克里布纳，美国出版商家族。1846年创办出版公司，从1878年起称查理·斯克里布纳之子公司。此处提到的这份杂志叫《文学杂志》，是当时权威的杂志。克里姆林宫也暗指某种权力。

写作，1932年

我不知道我一气呵成、一鼓作气写成的书像什么，不知道它有什么地方让人喜欢。没有情节，没有中心，没有感情线索。可我知道，我感到，它有一种重要的东西。有一张弓从第一个句子到最后一个句子把全书撑了起来。绳了颤抖着……差点要断？

那些男人，说起自己时，他们说他们受到了"折磨"，那么优雅，那么潇洒，那么浪漫，是他们崇高而优秀的表现。说起我们时，只要我们一出轨，他们就说我们歇斯底里，精神分裂——最好关起来，这样让人放心。

现在关的是我，当我说起路易斯时，他们就说我胡言乱语。可我没有编造。是格特鲁德·斯泰因这样告诉我的：路易斯吹牛说，他从小就身不离刀，想"杀死所有的同性恋者"。这不是一个很干净的人吗？他不能容忍别人打司各特的主意，所以要彻底解决这个问题。说得很明白。他已经开始动手了。当他知道格特鲁德跟阿丽丝·托克拉斯睡觉时（他很小气，应邀到弗勒里斯路做客的人早就知道），当他发现她确实是一个女同性恋者的时候，他说了她很多坏话，让人要吐，因为他的一切都要归功于那个女人，她曾是他的老师，他的顾问，曾经给他施舍和赞助。但像路易斯那样的男人，身上没有人性。那个家伙会把衬衣一直捋到肚脐眼，要别人好好利用他猩猩般的毛发。别期望他能给你多大的好处。他只是洁身自好？很难说，他一直讨厌我，跟我开战以后，他就通过报刊让人知道了这一点。可以看见他越来越脏，胡子拉碴，衬衣包着狮子般的毛发，领子上都是污垢。这个游击队员壮大了，杂志上到处都是。在战斗中壮大？

“我知道自己看见了什么，”我重复说，“我有双非常明亮的眼睛。”当时，这还是个事实。奥康诺尔跪着，脑袋夹在我丈夫的双腿中。房间里非常阴暗，但放映机的光线把那一幕照得很亮。我可以保证，确实是那么回事。

“根本就没有什么放映机，夫人。你丈夫已经向我们发誓。这是很清楚的事，你们根本就没有放映机。”

“当时我们住在酒店里。放映机是从酒店里借来的，银幕挂在房间的一面墙上……他们看着黄色电影，画面上有两个男人和一个女人，那两个男人并不认识那个女人，不知道你们有没有听懂我的意思。”

他们摇着戴眼镜的脑袋，脸色苍白得像他们白色的罩衫：“又是幻觉，泽尔达。不是你的眼睛欺骗了你，而是你的脑子。这就是你的毛病本身：你不应该相信你所看见的东西。”

他们相信司各特。他的话是金子，或干脆就是金钱。我的丈夫拿着支票本。"你的大脑创造了一些其实是幻觉、歪像的形象。你明白'歪像'这个词的意思吗？"

侮辱和贬低也属于治疗吗？"我会画画，先生们，我当然知道什么叫歪像。"我嘀咕着好像是"蠢猪"之类的话，或者是更糟的话。他们听见了，我也感觉到了，他们狂热地在本子上记了起来，说我的病情又加重了。

"你是在什么时候觉得自己失控的？你为什么没有把这个问题向你丈夫提出来？你是否证明过你真的看到了什么？"

我默默地看着他们，看着灰白色的墙壁，敌意的墙壁。

"如果你们不相信我，那就去酒店问问吧！当一回侦探！整个酒店里的人都听见我们吵架了。是的，我骂了他们。可是，在那种情况下，哪个女人会不愤怒呢？路易斯把我当做是一个有污点的女人，一个女性求偶狂，一个失败了的女人。'可怜的失败者！'这句话他说了三遍。他说：'不如回老家去，回你的亚拉巴马巢穴里面去。让司各特安静一点吧！'于是，我拿起放在钢琴上的一碗潘趣酒[1]，使尽全身的力气向他脸上扔去。他及时避开了。可惜！"

我还记得起那响亮的破裂声，我的牙齿和骨头都感到了震动。色拉碗打烂了，声音刺耳极了，既好听又可怕，好像是钢琴本身爆炸了。司各特想向我扑过来，他踩在了像雹子一样铺满地

---

1 朗姆酒加糖、红茶、柠檬、桂皮调制而成的一种酒。——译注

毯的碎玻璃上，脚流血了，在地上留下了两道鲜红的印痕。有一刻让人十分诧异，他一动不动地站在房间当中，站在与路易斯和我等距离的地方，惊讶地张着嘴，不知如何是好。路易斯在一张椅子上坐下来，硬充好汉，咧着嘴看着这场面。我颤抖着，没有说话。放映机在寂静中嗡嗡地响着，影片中的窃窃私语是我听见过的最淫秽的语言，司各特曾和我四目对视，两人都在想谁去关了它。后来还是他踮着被刮破的脚尖，平衡着双臂，走到房间的那头把放映机关了，房间里的空气缓和了一点。我感到自己的双腿发抖了，地面陷了，然后出现了巨大的黑洞。

＊

我跪了下来。

从此，下跪的就是我了。

我等着别人来找我：我独自一人无法站起来。

1940年

他们来了，穿着白色的保护服，又大又软，是粗布做的长衣，使他们看起来很无辜，像虚无一样无辜。

一束头发出现在我眼前，扫过我的眼睛，撕破了我的眼帘。我的头发的颜色为什么这么快就变深了？随着年龄的增大，人们都以为头发会变白而不是变黑。剪掉这束头发，剃光头。要么就不要再提它。把这几句话写下来："一束长长的黑发斜斜地剪了下来，那天，她独自一人凝望着疲惫无力的大海，男人们在散步的小道上抽烟，女人们消失在折叠式躺椅

145

上，孩子们在沙滩上奔跑。"

我懂得怎么组句。你们可别忘了，我有个当作家的丈夫。但我是自己学会写作的，没有他的帮助——啊，他可没有一点功劳。

我懂得比他早。早在他在第一个本子上的第一页写下第一笔之前，我就懂得如何写作了。

写作，我懂。我给他所有的杰作提供了养分，不是作为女神缪斯，而是作为素材，就像一个被迫的黑奴，她那个当作家的主人好像认为，婚约意味着丈夫可以剽窃妻子的东西。穿白大褂的精神科医生们有一种理论：我之所以恨司各特，是因为他把我当作了他所有作品中的女主人公，他把我当做素材，偷走了我的生命。不是这么回事。因为这一生命是属于我们俩的，那些素材应该由我们俩分享。事实上，是他用了我写的文字，抄袭了我的日记和我的书信，在我独自写的文章和小说上署上了他的名字；事实上，是他偷走了我的艺术，并相信我毫无才能。你们要我怎么想？灵与肉被陷害、滥用和剥夺，这就是我的生活状态，这不叫活着。

医生们喜欢司各特，他们肯定会来帮司各特的，替他拔掉脚上的刺——我说什么？拔掉插在他心中的长矛，这个长矛就是他疯了的太太。司各特和他由医生组成的法庭说，写作对我有害。跳舞对我的身体不利，而写作对我的精神健康很危险。所以，画画可以。我可以画画。以自我为中心，接受丈夫的统治，这是允许的，安全的。那将皆大欢喜。可谁告诉他们我不会画淫秽的东

146

西，画充满着性与血的暴烈场面？他们应该受到这种攻击。

然而，我没有画那些东西，我在画纽约，画巴黎，画我所知道的最为繁忙的城市。我画圣经故事中的场面，画大量的道德说教寓言。在我们的亚拉巴马，这些东西卖得比乡村风景好得多。从此，我负责给帕蒂和我自己赚钱。菲茨的书现在一点都卖不动了，除了在法国，法国人现在还喜欢他，但他所得甚少，仅够喂鸟。家庭的主人，现在是我。我觉得自己能够胜任。我重新学会了走路，一天走好几个小时。走路的时候，我的精神解脱了，我的思想飞翔了——那可不是乱飞。我恢复了活力。

1934年，两家诊所和一家医院

《巴尔的摩太阳报》中的那张照片让我感到有点痛苦。人们要我把它放在床头柜上，好像要我时时看着它。这是我最愚蠢的形象，那是大半身转过来的一个侧影，我目光茫然，不知所措，瘦得不像人样。头发剪得太短了，非常难看。我好像换了一副下巴，像马一样的下巴。我的大腿与手臂一样细，只有脸上的皱纹加粗了。还是在那张可恶的照片上，人们让我穿上了一条围裙，挡住了我的裙子和胸衣。啊！不是画家的衣服或雕塑家的围裙，不是的。而是一条印花围裙———一条百分之百做家务的围裙。

我想当那个瘦瘦的女人，当那个坏妻子坏母亲，她什么都不吃，差点死掉。司各特给了我50美元买颜料：这是他最后的信件，最后的礼物。我们是那么

相爱

同样也

148

那么互相伤害

我难以

呼吸

是什么东西让我们走到一起的？野心，跳舞，酒精——是
的，当然，还有想出人头地的巨大欲望。对我们来说，任何天空
都不够高，不够强大。

我和司各特的父母都是老来得子。年龄大的人生的孩子是有
缺陷的，这大家都知道，这是经过证明了的。我已有言在先：别
对我寄予太大的期望，别想把我变成垂着乳房的小母牛。我会生
个孩子——也许两个，或者一个都不要。

∙∙

我们相遇的那天晚上，爱吹牛的司各特说："人生最大的保
健，是冲动，是极端。是威风地消耗自己，献出自己的一切，因
为，这场文明大战，这个旧世界的屠宰场将不加区分地杀死我们
大家。"

那时，我还是个乡巴佬——阔绰的乡巴佬，所以仍很自命不
凡。他呢，已经失去了社会地位。他来自北方，来自文明人的家
庭，冷漠而潇洒，显得非常神秘——甚至连他们当中最朴实的人
也不例外。

∙∙

马莎·基弗医生给司各特下了最后通牒，有两条：

要么停止喝酒；

要么继续接受她的治疗。

只有做到这两条她才继续给我治，否则她就放弃。

那天晚上，我得知第二天我将被转到纽约比肯的一家诊所去。

．．

医生们摊开了红色的地毯，我的房间都差点被鲜花压塌了。所有的人都接到了命令，谁都不准接近她，谁都不准给她拍照，违者立即辞退。这里来了那么多女明星，还有百万富翁的孩子们。大家都懂音乐。游泳池，网球场，带私人保姆的私人公寓……这座疯人院比我去过的所有宫殿都好。我心想：这是多么荒唐的事情啊，司各特为了让我沉默宁愿破产。其实，他要摆脱我，让我跟那个飞行员走就可以了。

……我看得很清楚，我失败了，每一仗都失败了。泽尔达，你败得太惨了，那是别列津纳之战。[1]

*

昨天，在舍普－派瑞特医院的一个会议室里，他们强迫我演一场滑稽可笑的戏：在戏中，那个心理分析医生三次改变身份，

---

[1] 1812年9月，拿破仑率军进攻莫斯科，穿越冰冻的别列津纳河时遭俄国军队突然袭击，法军几乎全军覆没。后以"别列津纳之战"比喻惨败。——译注

还有司各特的律师雇来负责处理夫妻财产的一个顾问，当然还有我，或者说是剩下的人。他们向我宣布，一个月后，我的画将在曼哈顿某画廊展出，但我不能前往参加开幕式。

我试图平心静气地重新回忆起那一幕。

心理医生："夫人，你的丈夫遇到了许多麻烦。金钱方面的麻烦。艺术方面的麻烦当然就不提了。"

夫妻财产顾问："你住在这里花销很大，但他没有在任何费用前退却。你要知道这一点。" 心理医生："他抱怨说无法再写他的小说。我觉得这太不幸了。"

我说："这难道是我的错吗？"

夫妻财产顾问："当然不是。只是，他希望能感到有人支持他，不用再抄写那么多东西，不用再写那么多为了养活你们，养活你们的女儿，养活他和你而写的文章。说到底，他是家中的主人。"

我说："他的小说，人们已经等了10年了。迟迟不出，这不是我的责任。4年前，我还没有生病。并不是我的病妨碍了他。"

心理医生："当然不是。这可以肯定。"

夫妻财产顾问："他只希望在经受考验的时候，在遇到困难的时候，感到有人在支持他，所有的男人在这种情况下都会期待妻子这样做。因为丈夫和妻子是你中有我，我中有你。他爱你。而且，他还鼓励你画画。不正是由于他，你才能在他朋友的画廊里办画展吗？"

我说："你不觉得这是因为我还有一点才能吗？你觉得这是不可能的吗？"

心理医生："画画是一种很好的疗法，而写作会重新让你激动，你应该避免激动。"

我说："我知道我的小说没有市场。但愿谁也不喜欢它，无论是评论家还是公众。可我不感到难为情，我会再写一本。"

夫妻财产顾问："我这儿有张给你的支票。一张50美元的支票，去买几支颜料。这总应该可以吧？"

我说："他爱我，他欺骗我，他给钱我买东西。关于夫妻双方的义务，没什么好说的，他只履行、依靠和抓住他所喜欢的东西。"

心理医生："他不否认自己有缺点。"

我说："听你这么说，我才是混蛋？"

夫妻财产顾问："是你开的头，是你首先通奸的。"

心理医生轻轻地干咳了一声，说："嗯……在那些事情上，没有罪犯，也没有受害者。嗯……没有指控，也没有辩护。"

我站起来，捋着大腿上的粗布病号服，说："愚蠢！你们都是笨蛋！这并不是说你们裤裆里面就有什么东西了不起，你们那里面的东西也可怜得很，也许像片豆荚。但在你们的脑袋中，真的，只有一堆垃圾。"

心理医生大叫："护士！"

我说："先把支票给我！给我买颜料的支票。"

我终于可以在一个护士和一个看守的陪同下参加画展的开幕式了。我太失败了，喘不过气来，想打开逃生门呼吸新鲜空气，那两个家伙向我扑来，抓住我的双臂和下巴，把我塞回到医院的车子里。

报纸的评论员——甚至是以前喜欢我的那些评论员——他们的文章让我感到十分痛苦。那种能避免丑闻的美丽和清纯，我现在已经没有了。

几个月后，那本期待已久的著名小说出版了，乔伊斯和普鲁斯特合起来可能都打不过它。写了九年。最近四年，自从我被关了三次以后，它的速度神奇地加快了。《夜色温柔》，书名非常滑稽，非常刺耳。如果确实是在夜里，那也是一个仇恨之夜。他把我写进了书中，写得非常详细，书中的我是个病人，精神有问题，什么症状都有——歇斯底里、精神分裂、偏执狂：她的名字和我的名字谐音，所以大家一目了然。我在书中是个十足的疯子，一个狂人，只有吗啡、镇静剂和电击才能使我平静下来。我是他堪作典范的布娃娃，我成了他的试验品。他实验室里的雌猴。我在他眼里并不那么一无是处，所以他改编我的语言是完全应该的。糟糕的是，这本可怕的书在商业上失败了，没能减轻我们的债务。"我们的"债务，这是我随口说的。不再是"我们的"，而是"他"的，他债台高筑。

……回到马里兰州，和平诊所。

路易斯·奥康诺尔打败了他，在全球范围内取得了成功，更让司各特痛苦的是，他在宴会和采访中公然宣称看不起司各特。我想象得到，那个路易斯不但聪明，而且狡猾，他在那些贪婪的记者面前诽谤昔日的朋友和保护者，然后请他们千万不要发表司各特的作品。"Off-the-record"[1]，他应该是眨着眼睛，话中有话地对他们这样说的，他知道那些家伙会在这场谋杀中不遗余力：时髦的作者打败了昔日帮他发表作品的过时了的偶像。

于是，我丈夫的苦日子到了：工具坏了，烧坏脑袋的蝾螈不会再回答。离开吧，对，去加利福尼亚赚钱。数千公里也没这本挑拨离间的书那样能把我们分得这么开。书中的那个人根本不像我，我已经选择了自己最后的化身：一个不会说话的幼儿玩具，一个空信封。

我在偷偷地写我的下一本小说。两年来，根据不同的医院和人员的复杂程度，藏本子的地方起码换了一百次（我丈夫写信给医院的领导，要求他们特别注意，千万不要让我写作，有的人不仅仅是服从命令，而且有过之而无不及，让人搜查我的房间）。我很少被允许外出，司各特又不断地在这个大屋子里监视着我，

---

1 英文，意为："非正式的"，"非白纸黑字的"。——译注

我要费很大的劲才能找到新地方来藏我的本子。我的手稿藏得太好了……以至于有时连我自己都忘了藏在哪一层、哪个房间、哪块壁板后面、哪块地板下面。于是，我作了备忘录，把藏本子的地方记下来，然后把备忘录也藏起来。司各特清楚地知道我在写，拿不到我的本子，他差点要疯了。从我的本子里，他再也偷不走一个灵感，一行字。

可以这样说，这是一个游戏，一个悲惨的游戏。在这个游戏中，我试图拯救自己的肉体和灵魂。

哥哥的故事

我知道，有些女人会跪下来求男人。为了留下乔的儿子，也许我也得求情或者逃跑。我要下跪吗？宁死也不下跪！我是高等法院首席法官的女儿，是州长和议员的孙女……逃跑？……"你是个堕落的妻子。"岬角别墅的厨娘和管家在背后轻轻地说，他们的声音中夹杂着那么明显的怜悯色彩，以至于叫我妓女还算是宽容的。人们惩罚了我，把我从充满了爱和耻辱的海边小屋中拉了出来，让我远离了他。车子里没有其他人，在种着金合欢花的悬崖边颠簸，一路上没人跟我说话。人们强迫我杀死自己的孩子。

我怀过一个儿子，怀了几个星期。他的墓地在芒通，在埃克塞尔西奥缝纫用品店的一个垃圾桶里。

我后悔吗？算了，我知道那年我不会当母亲的。一天晚上，我上完舞蹈课回到我们位于星形广场的公寓里——走廊里黑糊糊的，房间冷冰冰的，那么凄惨，那么阴暗——我在寻找帕蒂，发现奶妈正抱着她给她洗澡。"水太烫了，"我对她说，"让娜，你会把我女儿烫死的。"让娜抬起头，紧闭着嘴，说："水的温度正好，夫人。我叫诺埃米。"帕蒂差点喘不过气来，身上红红的，但她没说什么。"帕蒂，你想在浴缸里加些冷水吗？"她摇摇头，这个小女孩，脸上的皱纹竟那么深。"不用了，妈妈。这你就不用管了。"我母亲有六个孩子，出于义务，也因为智力懒惰。第一个男孩在襁褓里就死了，得了脑膜炎。我们这四个女孩完全符合明尼·马歇的安排：每个人都分头实现她本人没能实现的愿望。一出生，我们就各自被分配了角色。马乔里当艺术家，托茨当知识分子，蒂尔德是个冷美人，我是个迟生的孩子，被当做一个淘气的布娃娃，他们一边梦想，一边给我裁剪公主裙。至于小安东尼，家中的第二个儿子，也是姓氏的继承者，预先没有给他分配任何角色。在明尼的个人剧本中，我哥哥只是没有写进去，他曾试图自己写，但他的长篇和中篇小说一部都没有发表过。最后，他只拥有一间工程师办公室和一个孤独的城堡。

我所知道的是，小安东尼在1933年的那个星期已经失去了理智，他要求别人把他关到我所在的巴尔的摩的那家诊所里，但遭到了拒绝。两天后，他从莫比尔一家普通旅馆的七楼夺窗而出，因为我父母不让他们的儿子住进他自己选择的诊所里。在亚拉巴马和佐治亚州的报纸上，讣告说他是得疟疾死的，"高烧谵妄"，使他意外跨出窗外。

对于自杀，我没有什么看法，只是，我所喜欢的很多人都是自杀身亡的，从我哥哥开始。他好像并没有离开我们。

勒内已经死了五年。比小安东尼晚两年。在这个暂且安身的地球之外，他们是否找到了他们的轨道？星球的尘埃或是小小的灰烬。最后的也是永恒的轨道就是那样的。那是银河，还是没有尽头、漆黑而狭窄的通道？

许多医生都跟我谈起过小安东尼，是的，但并没有觉得他的创伤有什么特别之处。感恩节，明尼在吃点心时把海兰医院的院长拉到餐厅角落——Thanks mom[1]——把一切都告诉了他：我的外婆死在床上，脑门上有个黑洞，她旁边的棉被上有把枪还在冒烟。那是她从她丈夫那儿偷来的。很快，她的妹妹也告别了人世，姨娘阿比盖尔是在里士满的詹姆斯河瀑布越过栏杆自尽的。

好像我众多的毛病和怪异之处还不足以吓坏他们似的，海兰医院的全体医护人员都在心里暗暗地假设：我有自杀遗传基因。值班人员日夜不断。我根本就不想死——有这样的家族病，却又不想死，这是最难解释的事情之一。

白大褂的声音毫无表情："不想自杀？你说的？可你在法国飞行员离开的时候吞了两片药。妒忌地跟你丈夫吵了一架之后，你又从悬崖上跳了下去。这已经够了。"

我说："我吃药是想睡觉，而不是为了自杀。飞行员并没有

---

1 英文，意为："谢谢妈妈"。——译注

158

像你们以为的那样离开了。他是被绑架的。你们笑了？我真希望你能亲眼看见那一幕。司各特雇了当地的两个黑手党，他们来到了我们的海边小屋——那两个家伙冷若冰霜，我甚至一句话都没能向乔森解释……至于你们所说的悬崖，我知道我丈夫是怎么说的，他肯定没说出事的那天晚上，他醉得像个死人。我掉下去的是堵矮墙，而不是悬崖，矮墙下面有个阶梯，我摔了下去。结果我的膝盖受伤了，就像我小时候滑旱冰摔破脸一样。这就是你们所谓的自杀……"

毫无表情的声音："可以谈谈那天你为什么要放火烧毁和平诊所的房间吗？"

我说："那是个意外。我在壁炉里烧旧衣服。突然就着火了，一切都烧了起来。"

无表情的声音失控了："如果我没理解错的话，所有的事情都是意外，是吗？可是，那个壁炉已经不能用了。家里的人都知道，你的丈夫，你的佣人们，甚至连你的女儿都知道。就你不知道？"

我说："他们没有告诉我。当全家搬到那座新屋里住时，我又住院了。而且，你们登记的资料没有意义：我想加温的那个房间是我的工作间。在那场火灾中，烧毁的是我的东西，我的许多油画和素描。我为什么要摧毁我多年来的工作成果？那是唯一使我感到生命还有些意义的东西。"

白大褂："你不承认。自杀者的本质，就是否认。将来，事实总有一天会得到证明的。这个事实就是死亡。"

什么叫意外？黑暗中酝酿着什么？是什么东西让我意外地遇到了那个飞行员而我又必须失去他？我想弄明白……电击太强了，我的脑袋成了一锅滚烫的糯糊，牙齿也疼了起来，我要让他们减低电压。

红灯亮了。调低亮度吧！

• •

我想起了那灯光，那么强烈，那么亮，照在我青蓝色的肚子上。那是在芒通一家缝纫用品商店的后院。当时，我隐居在帕基塔别墅，一个兼做保镖的园丁和一个厨娘监视着我，他们的眼睛瞪得像鸡蛋那么大。那个女的，看在那一大沓钞票的分上，给我找到了私下替人堕胎的接生婆，这是法国人的说法。另一沓钞票则买来了园丁的沉默。（他带着蔑视，冷笑着把钱装进口袋，一路上吹着只有他自己熟悉的小调。悬崖的拐弯处就像驯马场一样让他开心。我说我心里难受，他却把弯拐得更大，毫无理由地一下子刹车，一下子加速，把车子开得一颠一颠的。他在享受胜利的滋味。也许从来没有哪个女人像当时的我那样受他支配过。我明白我失败了，我已经一钱不值。）

在女店主送到我面前的搪瓷盆里，我看见了夹在产钳里的那团红红的软软的肉。我的儿子。飞行员的儿子。阳光和大海的儿子。我感到心中冒出了一个声音，我的下巴张开了，强直痉挛，眼睛在黑夜里旋转。我没有听见自己的叫喊声。"你干的好事啊！"厨娘后来忿忿地对我说。"一场被禁的电影！幸亏邻居们没有报警。你就不替别人想想啊？"这两个女人给我打针，吗啡的剂量比平时大了一倍。我处于黑暗中，百叶窗关着，窗帘拉上了。临时充当护士的厨娘给我注射吗啡，在我的胳膊上留下了一连串让人痛苦的血肿和脓肿。

我年轻的先生，你对此有什么说法？堕胎，这不也是一种自杀吗？那天，是的，我感到自己要死了。

第 五 章
清教徒之夜
(1940-1943)

"所有的东西，如果没有味道，我
们就把它叫做夜晚。"

——圣让·德拉克卢瓦

圣让·德拉克卢瓦(1542-1591)，法国教会医生。

来访

　　塔卢拉赫在城里。她来寻求班克黑德家族的谅解，他们不太喜欢她离婚。明尼瞒着我，我的姐姐们也同样。她们有毛病啊？难道我自己不会看报纸？我一直在电影杂志上追踪她。那个天才的女孩没拍几部电影，总之是没有几部让人记得住的电影。我从来没有在剧院里见过她。是的，她在百老汇演出时，我们住在曼哈顿。可我没有去为她鼓过掌。我没能去鼓掌，也许是没票了，也许是我没有坚持，其实是我自己不是太想。

　　瑞士来的精神病科医生说，那是我妒忌了。那个医生好像叫肖蒙，或者是博蒙、塔当比翁。他长得没什么特点，在我的记忆中和众多重叠的形象混在一起，那些人最后都一一消失了。

　　"也许是你不喜欢那场戏？"基弗医生的语气缓和一些，在我住院10年来，她是唯一值得信任的医生。玛莎温柔的声音那么低沉，而那个男住院实习医生，长着一双蓝色的眼睛，十分英

165

俊，酷似厄比·琼斯。

为了迎接塔卢拉赫的来访，小屋收拾得干干净净，在小花园里，班克黑德小姐把藤椅弄得吱嘎作响，我很生气。她说话太大声了，我忘了，当我们还是少女时，我是多么喜欢那种嘶哑的声音。她对我说，她一天抽一百根烟，而且对自己的辉煌业绩也并非一点都不感到自豪。由于没有威士忌，她要喝杜松子酒。她满口粗话。报纸对她好像避重就轻——休闲杂志显得小心谨慎，顾左右而言他。拿这个未受鞭刑就会当众宣布自己堕落行为的人怎么办？当女罪人是众议院主席，也就是该地区第三号人物亲爱的女儿时，尺度该怎么把握？

"亲爱的，你不知道拍电影是多么乏味。好莱坞，一个天大的误会。我喜欢舞台一千倍。"她对我说。我想：你说得很有道理，塔卢拉赫，因为摄影机不喜欢你，往往歪曲你的形象，而不是让你变得美丽。虚假的嘉宝[1]，糟透了的迪德里希[2]。

"她不要灯。"司各特说，一副专门训人的样了。好像这是我的错，好像这损害了他的利益。自从他为好莱坞写剧本以来，他就不断重复那些蠢话和套话，说那个郊区还出产比美元和暴毙更好的东西。妈妈告诉我蒙哥马利的自由之家有多好：那个女演员在那里洗刷自己职业生涯中最大的耻辱。从纽约赶到洛杉矶试镜之后，她得知人们并没有留她在根据《乱世佳

---

1 嘉宝（1905-1990），好莱坞著名影星，演过《茶花女》等。——译注

2 迪德里希（1901-1992），好莱坞著名影星，原籍德国，演过《蓝天使》等。——译注

人》改编的电影中扮演斯佳丽，那本书在美国卖疯了。在制片人把她当做笨蛋（或同性恋者，根据记者的版本或性别的不同而不同）之前，她说："那个角色是为我而设的。那个南方女孩就是我，而不是那个爱撒娇的英国小姑娘，瞧她的小鼻子长得像猪一样，声音尖尖的，像个玫瑰少女一样性感。"还是据亚拉巴马州的那些正人君子们说，挨了骂的制片人回答说，她已经超过了年龄，任何摄影师，哪怕她再化妆，明胶和滤光镜用得再多，也不能使她回到二十岁。

我一点都不知道她和我相像到什么程度。不仅仅是我们的脾气都很倔——以前是顽固不化，现在已深受伤害。我们的脸颧骨突出，长得像男孩。由于她什么都不保密，大家都知道班克黑德小姐既跟女人睡觉，也跟男人睡觉。在明尼忧虑的目光中，我看出她有点担心以前的谣言席卷而回：如果蒙哥马利的正人君子们散布谣言说，她和我是女同性恋者，那该怎么办？十五岁的时候，这两个女孩几乎天天在一起，像男孩一样穿着短裤和衬衣，整天在林子里、池塘边和废弃的谷仓里面跑，你以为她们还能干什么？哦，原来是那些事啊，她们是在锻炼身体！

她的裙子是白色的，透明的胸衣有一排刻着图案的钻石小扣子，也许是乌玉石的，使她的脖子看起来像是一条黑钻石之河。（今天上午，明尼说："孩子，你太不严肃了，你不能穿着补过的袜子、破旧的便鞋和被你叫做裙子的这种难看的口袋去接待你的朋友！至少要理理发。"）我看着自己瘦瘦的大腿，穿着过大的爱尔兰裙子，双手干瘪，被松节油和洗涤剂弄得红红的，手指肚儿也被大大地侵蚀了。我的两只手痒痒的，很想动，我竭力克制住自己，把它们放在膝盖上。我穿着难看的袜子和老女孩穿的那种系带的鞋子。我才不在乎呢！但愿你能知道我是多么不在乎。

我在翻修第五大道 没有时间喝茶 不再给报刊写文章 我在第五大道种了红色的树在车上插了旗 也许是独立日 我还做了一个白色的凯旋门 某种类似的东西 你不在那 儿 失礼 不得体 那个珠光宝气弄得我一身脏的女人是谁 我可以把她也画下来 可怎么表现她酒鬼那样嘶哑粗俗的 声音 每天一百支烟两升杜松子酒 亲爱的 就像是水 声 音味道和香味是画不出来的 让我安静点吧 你走了以后我 会关上门

可那个女明星深陷在吱嘎作响的藤椅里，用脚跟打着拍子。

"Outlandish！"[1]报纸上这样写道，甚至包括很严肃的报纸。"outspoken！outrageous！"[2]塔卢拉赫发出嘶哑的笑声："总之，我很out[3]，只有那个新来的希区柯克还能想起我，用我的代理人的话来说，他想让我在一部愚蠢透顶的电影里扮演角色。你知道吗，我一直把摄影机看作是一个敌人？它就像个侵略

---

1 英文，意为："稀奇古怪！" ——译注

2 英文，意为："语无遮拦！厚颜无耻！" ——译注

3 英文，此处可理解为："出格" ——译注

者，把你脱得一丝不挂，然后把你撕成碎块。那只黑眼睛，就是警察局没有涂锡汞齐的镜子。"

她吸着夜晚的空气，鼻翼颤抖着，寻找并不存在的香味，也许是我们童年的味道，我们的身体被损坏了，现在已经闻不到了。一只小飞虫贴着她的嘴角。她没有感觉到——由于口红的缘故，我想，太厚了，有害健康，黏糊糊的。怎么能把自己的脸，把自己的眼睛、嘴唇和脸颊画成这样？高跟凉鞋里伸出两只粗粗的脚趾，涂得紫紫的，就像奥克斯动物园里的那只亚马逊猴子的脚趾。它从笼子的铁栏里向无动于衷的游客们伸出黑黑的手，手上满是不幸的皱纹。游客们没有去握它的手。我经常去看它，它和我能交流。我说着话，它睁着圆圆的大眼睛听着，目光炯炯。有时，它用手背抚摸着我的脸。

"你不喝？"她把酒瓶里的最后一滴酒倒进自己的酒杯里，问。她喝酒的时候有件事非常奇怪：她涂了口红的嘴唇会往下拉，厌恶地撇着嘴。厌恶什么？厌恶喝酒？厌恶自找苦吃？或者是仅仅感到厌烦罢了？厌烦我们如此缺乏热情的谈话？觉得蒙哥马利和别的地方一样乏味？厌烦这个没有剧院的世界？

"最好还是不要喝酒。我坚持喝苏打水。你要我去明尼那里再给你拿一瓶吗？"

我感到妈妈的目光投掷到我背上，她在她那层楼里盯着我们。

"你不再喝酒，不再外出，也没有追求者……"

"我还没离婚呢！"

"大家都在嘲笑你。醒醒吧！"

169

"司各特在照顾我。为了维持这个家庭，他非常卖力。"

"为了他那个浅黄色头发的下贱女人。有一天，我看到过他们俩在车上，在穆赫兰道，他太虚弱了，憔悴得厉害，我都认不出他来了。还是我的经纪人比特森提醒我的：瞧，好莱坞失败者当中最失败的人。他所有的电影剧本都被扔进了垃圾桶，他很快就要破产。开车的是那个浅黄色头发的妓女。"

"我很希望能卖掉我的画。亚特兰大的一个画商感兴趣，纽约的一个画廊也是……"我非常想摆脱。摆脱什么？谁知道？摆脱**我们**。

"那我姑妈玛丽说的是真的了？你在寻求神圣？"

我们放肆地笑了起来，大声地、快乐地、具有破坏性地笑了起来。

藤椅吱嘎作响，似乎要破裂。就像以前那样，不久以前，我们这两个女孩是当地最开放、最不信宗教的。我们最后一次一起笑着，我们俩的笑声就像是巨大的灾难。

"我可以告诉你一个秘密吗？自从我信上帝以来，他们觉得我没那么疯狂了。'走上正道了'，他们这样安慰我妈妈。把上帝的名字引入自己长期的苦难之中，这就像是一个奇迹：他们从来没有觉得我痊愈得那么快。"塔卢拉赫惊讶而又有点高傲地看着我："这我早就明白。星期天到主教派的教堂里去就可以了。呆在后面，看着那些低着脑袋的人，他们像天平一样，动作一致地摇晃着。如果把'上帝'这个词从他们那儿夺走，他们全都得去疯人院。满满三十辆卡车，直奔海边小屋。宗教是一个公共健

170

康问题。不能拿它开玩笑。"

离开之前，她借口说需要化妆一下，进了屋子。她凝视着画架上的画，看了很长时间，弄得我都不好意思了——我才涂了三四笔，红色和棕色的，根本不值得这么看。

"我很后悔，"她说，"我应该坚持的。"

"坚持什么？"

"让你嫁给我表哥。他会非常爱你。而你呢，你最后也会爱他的。我不是开玩笑。他很聪明，谨慎。讨人喜欢。如果他沿着我父亲给他指出的道路一直走，不偷工减料，他总有一天会睡在白宫里的。你想象得到吗？美国的第一夫人！……你会当得很好的。"

"我现在是这个国家最伟大的作家的妻子。"

听到这话，她把血红的烟头吐在小路的砾石上，说："他曾经是，我亲爱的。一两年前他是。今天，家族中甚至已经不再提他的名字。你难道不知道吗？啊，抱歉……我是个蠢女人，亲爱的。"她用高跟鞋碾灭烟头，一个紫色的粗大脚趾从鞋里露了出来。我想我听到了噼啪声。玉米烧焦的味道。

*

当我指责司各特跟路易斯睡觉时，他马上就反戈一击，说我早就是个女同性恋者。他没有任何证据，而且别人也刚好没问他要证据。一天，他对路易斯说，我跟柳波芙·叶戈洛娃睡觉。路易斯凭着他可耻的同性恋者的直觉，在司各特的怨言声中

171

察觉到了部分事实：我爱上了柳波芙，我悄悄地把她叫做"拉芙"[1]。但我从来没有想过要跟她在性方面有什么接触。我只是想呆在她的身边，模仿她的举止，笼罩在她的光晕之中。

我想塔卢拉赫在性方面比我异端，结果谣言四起。报纸上说，她和所有能动的东西睡觉，因为她想享受生活，想成为闪光灯下的焦点。我们的相似之处应该到此为止了：我不是个演员，而是个要受保护的女孩。

今天上午，我醒来时情绪很好，明尼问我是否卖掉了一幅画或是什么的，我说："不是，妈妈，可我从此以后要更好地保护自己。"我打电话给马克斯韦尔，请他告诉路易斯的律师：如果他下次再诽谤我，哪怕是私底下的，我也会把他告上法庭。他根本没想到一个可怜的疯疯癫癫的亚拉巴马女孩，法官的女儿，议员和州长的外孙女会集合各种资源来保护自己，证明自己的清白。那个闯入别人生活中的无耻之徒将一败涂地、输得精光。律师们在这一点看得非常清楚。路易斯·奥康诺尔先生接到了他的出版商的命令，要他不要再提起我的名字。"也永远不再写我的名字？""尤其不要再写你的名字，亲爱的夫人。"

*

我去塔卢拉赫的豪宅去看望她。

---

1 柳波芙Lioubov这个名字稍改一下就成了Love "拉芙"，即英文的"爱"。——译注

来了一封电报，告诉她，她将要和她认识的一个英国导演拍摄一部重要影片，那个叫希区柯克的导演刚刚来到洛杉矶。"我一点都不了解那个矮小的胖子，据说他是个天才。那是个怪人，你知道。他喜欢同性恋的演员，说他们的目光中有一些更有趣的东西，一种朦胧的光亮，和他正在拍的电影的主题十分吻合。我在伦敦遇到他时，他只跟他的那个偶像派歌手兼演员艾弗尔·诺维罗[1]拍片，那是一个尽人皆知的疯子。他有支曲子经常在电台上放：We'll gather lilacs.[2]全英国人都会唱那首歌。太……颓废，太英国化了。毫无疑问，我们会没完没了地堕落下去。"

我母亲明尼很不喜欢班克黑德一家。对她来说，塔卢拉赫是自作自受。"我才不会为那个婊子担心呢！她永远都会不顾廉耻，酩酊大醉，满口粗话。在上流社会人士的眼里，她是而且将永远是一个班克黑德。别以为她完全失去了社会地位，她每年都给慈善机构捐款。她姑妈说，她像个有经验的生意人那样管理着自己的财富。"

据说她刚在百老汇起步时，老班克黑德悄悄跟导演打了招呼。人们原谅她的一切，忍受她在性方面的放纵，是因为她的出身。她酗酒，爱说长道短——啊，班克黑德小姐的伶牙俐齿给社交界的晚宴增添了乐趣。塔卢拉赫具有人们所喜欢的那种大大

1 艾弗尔·诺维罗，（1893 – 1951），作曲家、演员、剧作家，20世纪初英国演艺界最耀眼的明星之一。——译注

2 英文，意为："我们将采摘丁香。" ——译注

咧咧的性格。她属于那种人，敢当着全桌人的面，讽刺好莱坞最可怕的八卦记者。司各特跟我讲过，有一天晚上，在琼·克劳馥[1]家，一个记者阴险地问塔卢拉赫："班克黑德小姐，据说新的当红小生加里·格兰特[2]是个吸阴茎的人，这是真的吗？"她听了这话，劈脸吐了对方一口烟，说："神经病，我怎么知道？你自己想吧！他从来没有吸过我的阴茎。"

于是，上述那个吃屎的记者写道，塔卢拉赫引诱了小道格拉斯·费尔班克斯[3]，也就是那个当丈夫的之后，现在又跟他的老婆克劳馥小姐睡觉了。

我可没那么天真，我知道如果社会地位不受影响，更容易引起公愤。我写的这些关于塔卢拉赫的事，对我来说也是这样，如果不是因为我失去了社会地位，并且对制造丑闻不感兴趣。

她最怀念的是她在伦敦舞台上的荣耀：少女们和青年女工冒着雨在漆黑的小巷里等她。"你无法想象，她们胡乱地模仿我的衣着，剪着和我一样的发型，方头，头路开在边上。她们站在剧院后门，用颤抖的声音齐声唱着'塔卢拉赫哈利路亚'。你知道，第一次听到会让人感到后背发凉，后来也就习惯了。"

是的，班克黑德小姐，我知道。我经历过这种事。但我是作为配角经历的，作为点缀别人的附属品，在天才的影子里。

---

1 琼·克劳馥（1904－1977），好莱坞女影星，曾获奥斯卡最佳女主角奖。——译注

2 加里·格兰特（1904－1986），好莱坞影星，出演过《美人计》、《费城故事》等。——译注

3 小道格拉斯·费尔班克斯（1909－2000），电影明星道格拉斯·费尔班克斯之子，他靠自己的努力在电影界打拼，曾出演《史蒂芬失足记》，1928年与琼·克劳馥结婚。——译注

我自己裁剪裙子（这么说吧，是十字形的长袋子）；为了节约裁缝费，我自己染色和烫褶（母亲傲慢而忧伤地看着我，她一早一晚都在编织她漂亮的白发，百岁王后那样的长发）。我奔走于野餐会、茶话会和那个阴森森的妇女俱乐部之间，贱卖我所画的一切：餐具、装饰物、碗、托盘、花瓶、镜框，还有印着鸢尾、芍药、牵牛花的盘子，我不知道那些长舌妇拿它们来做什么。

我这样问自己：我穿着平底鞋和难看的裙子，衣衫不整，我一转身，她们是否就咯咯大笑，或者悄悄地说："可怜的女人！"她们会不会这样讽刺说："这个不要脸的婊子很快就会在以她的姓氏冠名的小路上玩完！"……她们信基督，她们用仁慈赎回了自己的罪孽，未来的一切错误都能得到饶恕。她们会不会团结一致地发出复仇的笑声？三十年前我曾跟她们混在一起的那些女人，她们会不会有一天因为跟我相像而感到绝望，看到我堕落成这般模样而窃喜？

正如司各特在去世之前的一个夏天写信跟我说的那样，"疾病加上贫困，就是对人的一种诽谤了"。

✳

9月15日：威廉·布洛克曼·班克黑德昨天因心脏停止跳动

175

而死亡。那个可怜的人自从失去妻子之后就已经痛苦不堪，他的妻子是在生塔卢拉赫的时候就死的。我常常想，一个人由于自己的出生而送了母亲的命，心里会是什么滋味。

可怜的塔卢拉赫，她一回到曼哈顿，还来不及把箱子里的东西拿出来，就不得不折回华盛顿寻找父亲的遗物，然后把它们带回这里。对她来说，父亲就是一切，尽管承认这一点，会影响这个忘恩负义的女人的名声。

1940年12月21日

« No God today.

No sun either.

My Goofo died. »[1]

---

1 英文，意为："今天已经没有上帝，也没有太阳。我的傻子死了。"

12月22、23日

　　偶像死了。"夫人，你丈夫死了。是的。我们想在您从广播和报纸上得知这一消息之前通知你。电影厂谨向您表示深切的哀悼。"

　　我没有感到痛苦，我太恨他了。

　　可他们……他们苍白而毫无表情的声音从白色的床单里透进来："她很冷漠，你们看得出来的。摇摇晃晃，不再回答。精神紧张，伴随着自从那个仁慈的出版商拒绝她的手稿以来人们应该担心的东西：深深地陷入意志缺失和精神衰弱之中。"

　　忧伤在我的心中找不到位置：我恨他，我诅咒他带给我的命运，让我在他死了以后还活着。由于曾经生活在他的阴影里，我现在要独自在黑暗中枯萎和消失？……腐烂，让人讨厌！……巨大的胜利！我英俊的丈夫没有死：他在报复，他胜利了。一直都是他胜利。

人们说，是我的疯狂造成了我们俩的分离。我知道事实上恰好相反：我们的疯狂把我们连接在了一起。是清醒把我们分开的。

别指望我来完成未竟的事业。我可不当莫索尔[1]的妻子。

*

也就是说……谁也不知道开始的时候是怎么会相爱的，也不知道这些年是怎么忍受的。开始的时候，我看不起他；结束的时候，是他看不起我。

司各特是个给父亲挽回名誉的男人——他是那么优秀——同时，他又是让父亲重新蒙受耻辱的儿子——他是那么失败！

他为这些付出了沉重的代价。啊，丈夫啊，就当这是我的谎言，是我的幻觉：就当你没有死，你会很快回来，回到崭新的豪华敞篷车里，你会重新走上这个贫穷小镇的道路，站在门前，大声地按喇叭，为了让我听见，为了让大家都听见，但又没有大声到引起公愤、让我母亲感到丢脸的程度，你太聪明了。于是，我从屋里出来，我将看到鲜红的斯图兹跑车，我鼓起掌来，你跑过来。明尼在窗帘后面一定感到很痛苦，她也被关在屋里，很不幸福。

司各特……傻子……我的司各特……别走，留下来陪我。你

1 莫索尔（公元前377-前353），古波斯州长，以陵墓宏伟而著称。——译注

为什么要走？……你答应过我们将呆在一起的！天空中两只最漂亮的鸟将呆在一起！我会查证，打电话给好莱坞的警察局长……傻子！我的司各特，是我呀，宝贝！傻子……如果你死了，如果你真的死了，我也会死的。

我要让帕蒂从纽约回来——现在太晚了——她要回来参加仪式……也就是人们所说的葬礼……你走了，傻子，走得很伟大。啊，我是多么想跟你一起走啊，我的司各特，我活着的梦，我坚强不屈的美男。你不像是死了，你跟呈现在我眼前的发青的尸体一点都没有关系。

你是一个让人无法生气的王子。永远如此。

往事历历在目。

在热内斯的游轮上，一个摄影师让我们靠近点，你还记得吗？帕蒂笔直地站在我们中间，脸上的表情非常严肃，抱着一把儿童小提琴，好像她只是一个来拜访我们的过客。傻了，你还记得这些吗？你还记得吗？你这个让我爱得发疯的人！以后，谁还想得起我们？谁？好像我们的生命不该留下任何东西。苦涩的灰尘，金色的灰尘——来自平原的风将把他们吹走。浪漫的情人往往没有结果。

在那张照片上，我发现了你送给我的那件松鼠皮大衣，那是在第五大道的皮货店买的。这是我一生中最喜欢的一件衣服，它已经很破烂了，你让我把它扔了。与人们说的或写的恰恰相反，我对时髦的东西并不感兴趣，我不喜欢和时装界的人吃晚饭，在曼哈顿和在巴黎都一样，一吃就是几个小时，没完没了。

他们的服装太复杂了，让我感到局促不安。我现在还怀念我童年时代穿着短裤、棉衬衣和便鞋的样子。

　　是我误解了生活，还是我愚蠢的骄傲毁了自己的一生？

　　两天来，这个问题一直萦绕在我的脑际，挥之不去。

还给我

我来不及接受司各特的死亡，又发生了另一件不幸的事。

昨晚，姑妈在睡梦中死了。她的孙子跑了六七英里来通知我们，我们是最先知道的。妈妈马上就走开了，回来时拿着一个信封，送葬时用。这个举动太庸俗了，因为她甚至什么都没问，也没有拥抱一下那个孩子，没有跟他说一句安慰的话，就直接跑到首饰盒边去拿钱，这种方式让我感到很可耻。金钱。金钱能原谅她不让自己的孙子进门，而是让他呆在外面，呆在门口，呆在装着纱窗的大门外面吗？好像永远必须在他们和我们之间拉一道铁丝网，哪怕它很细，哪怕是象征性的。

姑妈走了，我原来还指望能死在她的怀里，像以前那样在她的晚香玉、桂皮和香料面包的味道中入睡呢！她的身上总是散发出厨房里的味道。星期天的厨房，油炸食物、焦糖玉米、白薯。她的皮肤都是甜的，身上裹满了带麸皮的面粉，好像一件神奇的防护衣，让我触摸不得。

我想象着在她的怀里翻跟头。但姑妈比我先走了，岁月的逻辑真是残酷。

我递给她孙子一大杯清水，并把自己的自行车借给了他。这样他就可以不再眼泪汪汪地奔跑，跑得脚都出血了：他还有好几里路要跑，很多村镇要去，如果他想通知姑妈的所有亲戚和众多的朋友。那么多人都爱姑妈。

要是我有辆汽车就好了，那我就能不让那个孩子吃那么多苦了。可我丈夫再也没有钱，我丈夫不让我开车。

*

由于大脑迟钝，我忘了许多单词。

十五年来，在我忘掉的单词中我最想不起来的，是"享乐"这个词。我只在夜里梦见过它。我是个非常喜欢洗澡的人，常常赖在泡沫和香味中不起来。穿着白大褂的刽子手把我按进堆满冰块的浴缸里，一直不松手，四只手压在我的肩膀和脚踝上，直到我痛得晕了过去。今天，我一看见浴缸就浑身冰凉。

谁会原谅我？

*

傻子不在了，我得考虑考虑如何少买家具。衣服和家具都太

183

贵了。我的圣经题材的寓意画卖得也不像我所期望的那么顺利。我只卖掉三幅，都是卖给朋友：莉莲、默菲……都是忠诚的朋友，永远的朋友。

我将重新做帕蒂五六岁时我替她做过的纸娃娃，要花好几个小时，但我没有怨言。每个纸娃娃都有自己的衣服。我为司各特做了一件天使穿的衣服：两只白色的大翅膀挂在衣服上。我想这将永远是我最喜欢的东西，永远。纸娃娃卖得掉的，这是肯定的，就像小面包一样。

塔卢拉赫回来过圣诞节。天哪，我们笑得是那么欢，天哪！我对她说，我要给她做玩具娃娃，她说："那就做吧，亲爱的，至于玩具娃娃的衣服嘛，给我裁一件修女衣和一件摩托服。"我们回想起那天晚上，雷德提出来要跟我比赛骑摩托。我不仅骑了，而且我还让塔卢拉赫坐在我后面。我相信蒙哥马利的老人们现在还在说这件事：两个长发披肩的女孩骑着一辆摩托轰鸣而来，向前飞奔。两个少女狂笑着，大骂在连廊下乘凉的人。天哪……这些都……失去了。以前说过的话。

我和塔卢拉赫骑摩托上了大厦的阶梯，一直来到列柱旁边，在仿古的柱子之间，我们像市场上的两只猴子在练习，我在转车轮，塔卢拉赫在练垂直爬高。只要能显示不该显示的东西，什么都做。人们扭过头去。看不知羞耻的后代的隐秘，等于是给我们的贵族家庭抹黑。

还有些时候，我们没那么淘气，我们还是在那里的台阶上表演哑剧，塔比我有才能，大大超过了我。她最后用一个怪异的原地旋转，挽回了刚才失足所丢的面子。塔卢拉赫是个十四岁的女明星。

我们最喜欢的玩笑，还是那个被认为是"可耻"的玩笑：我们站在妓院（那是蒙哥马利古老的机构）隔壁的门口，当某个衣冠不整、满脸通红的家伙走进大门时，我们就用手电照他的脸。这还是挺好玩的。谁会因此而报警控告我们呢？

在中学里，我是最出名的，被选为当地最漂亮的少女，正走向辉煌的顶点，也就是亚拉巴马小姐，我们的那些乡下人都这样说。男孩们在发誓，在打赌。可怜的亚拉巴马笨蛋。

我去空军基地跳舞，最喜欢在飞行员结实和灵巧的臂弯中旋转，直到晕头转向。吸引我的倒不是那些穿着呢制服的军官们，司各特穿着军装，一副傻乎乎的样子—— 一副爱虚荣的样子，我现在想起来，那副样子应该引起我的警觉的。飞行员则穿着他们漂亮的皮衣，身上的烟味和荷尔蒙的味道久久不散，既不一本正经，也不自命不凡。我想，他们正是南方和别的地方所有女孩所梦想的人。

那是在1918年，大陆的小伙子们正等着履行自己的职责，司各特也等着当英雄，我羡慕他们，羡慕他们每一个人，毫无例外。做一个男人是多么幸运！当一个女人又是多么可怜，尤其是如果这个女人又不像个女人。那么多男人渴望我，他们都误会了。

乔跟我说话时把我当做是一个男人，像对待男人一样，或者说是像对待一个平等的人那样对待我。乔爱我：我被烧坏的大脑知道。我相信是这样，我到了坟墓里也坚信如此。

*

在葬礼上，帕特里西娅·弗朗西斯读了她父亲1933年夏天写给她的信中的一段，那个时候，我在住院，她还不到十二岁。

应该注意的事情：

做人要勇敢

做人要干净

做人要有用

做人要学会骑马

不应该关心的事情：

不要考虑别人会怎么说

不考虑玩具娃娃

不考虑过去

不考虑将来

不考虑长大以后会怎么样

不考虑当不了第一怎么办

不考虑是否能成功。

当她颤抖着声音，念起那个喜欢她的男人给她的忠告时，我们都满脸泪水。我很想把她搂在怀里，紧紧地让她靠在我的胸前。但我再也做不到了。

• •

我有什么感觉？……想到他会在那四块桃花心木中腐烂？……医生，那是温情。一种可怕的温情。但那种两个人的疯狂，并不是爱。

• •

把我的哥哥还给我。像小安东尼那样的人不会引起任何轰动。那个无用之人自动消失了，非常知趣。如此英俊如此遥远的大哥只留下了他的传奇，他小时候太喜欢指责别人，不断地搞恶作剧，常常做出怪异的事情来。明尼分析道："你哥哥一直不知道怎么才能引人注目。他最后知道了。"

把勒内还给我，那是我的另一个兄弟，凑巧与我孪生。他开煤气自杀了，烧毁了自己的屋子，但我不相信他真的想这样做。当他喉部开始出现褐色斑点的时候，我在拉里布瓦西埃的床上重新见到了他。"现在，你该走了。"他说，"你该走了，我的美国小舞女。你得踮着脚尖离开。啊，啊，别哭。你看吧，你总有一天会长大的……"他炸毁了一切。我不相信他在自杀的同时也想让别人送命。勒内不是那样的人。人们没有提起椰子已经足足三年了。所有的人都消失了，或者死了，或者逃得远远的。喝了

187

那么多酒，吃了那么多苯丙胺和鸦片，接着是安定片，电击。然后得了这该死的结核病。

他们是目光疯狂的孩子，但仍然是好孩子。

文明大战中理想的孩子。

可怜可怜那些生来不是当英雄的人吧！

*

接着，就发生了那场新的战争，于是，人们不再谈论文明，那也许是我最后的战争，因为我已经那么疲惫。长达几个小时的行走很快就减少到绕建筑群走一圈。好像通过这几个同心圆，所有让我的生存变得有些意义的东西都会大大缩水，无情地进行重新规划。昨天，我在动物园里遇到我年轻时的一个朋友，当年，我们经常去乡村俱乐部跳舞和调情。当我走到她身边时，她突然往后退去，从她满是皱纹、好像有点愤怒的眼睛里，我看出她把我当做是一个可怕的陌生人。

亚拉巴马的军营里挤满了士兵，新的一代从我们的小街上，从我们的大路上散开去，我不会再搂着他们的腰跳舞。再也没有骑士，没有马术表演——但有披着伪装的汽车、隆隆响的摩托，汽车喇叭的噪音整个白天都冲击着我的耳膜。

这场军事动员给我带来了我的最后一个崇拜者，我多年来唯一的朋友，一个瘦瘦的十九岁的小伙子，他在塔斯卡卢萨大学上写作班，对我崇拜得到了五体投地的地步——尽管我在社会上已经没有地位。他的小说有点风格，尽管骨子里有些忧郁。美国式的忧郁并不能排除民族暴力和对种族灭绝的怀念。我觉得我们的征服史就是种族灭绝史。

我和这个学生的交流有时让我振奋。有一天，他对我说，他在写一部小说，他经历了一场严重的道德危机，为了写这本书，他得拼老命。他担心伤害周围跟他比较亲近的人，比如亲戚和朋友，怕伤害他们或者遭到他们的怒斥。他问我能给他什么建议。刹那间，我感到自己的喉咙有点发紧，双腿神经质地抖动起来——好像被束缚之后很想逃跑。于是我撒谎说："年轻人，我没有经历过这种两难的局面……我不了解我们这个时代的道德问题。很难让我们周围的人懂得，对于作家来说，一切都是写作的素材。这种充满浪漫色彩的职业，其主要任务就是诠释和移植——而绝不是虔诚！如果我是你，我会继续写下去，直到自己的书出现在书店的橱窗里，以向亲戚朋友作出解释。"我就此打住。我希望他保持纯洁，担忧但不要受影响，我不想伤害一个十分年轻的男人的最后幻想。总之，你完全有理由原谅自己。总有一天，不可避免地要原谅自己写作。写作是不对的。

*

帕蒂嫁给了一个中尉，这个中尉也是普林斯顿人，但所有的相像之处到此为止：我的女儿很乖，很纯，心理平衡，她的未婚夫是个严肃、结实的小伙子，可以依靠。我没有力气去纽约参加婚礼。我怕又像二十三年前那样激动起来，害怕把女儿的手交出去时，我又病态地激动起来，让别人难以忍受。我糟蹋了她生命中的很多时刻，但没有让这个重要的日子黯然失色。这对可爱的年轻人寄给我一个结婚蛋糕作为回答。很凑巧，我收到了那个蛋糕的晚上，多斯·帕索斯[1]正赶往莫比尔，他要写一个关于军事建筑的报告。经过我家时，他停了下来。在我眼里，他一直是个好人，很有人情味，为人耿直，敢于面对事实，不受名声所诱惑。跟他这样的人交往，我没有任何困难。他可以成为我最好的伙伴。我们俩把蛋糕吃得一点不剩。

离开之前，他谈起司各特时所使用的语言让我心潮澎湃。当时我们站在门口。我拥抱着他，祝他一路平安。他脸红了，我们这是第一次握手，他说："啊，泽尔达，如果这场战争……"我说，"是的，约翰，如果……"好像司各特也在场，和我们一起站在门口，看到同事局促不安的样子，他会觉得很有趣。他好像帮我拉开了纱窗门，然后又把玻璃门给关上了，插好门闩。司各特在呢，我放心地睡着了。

＊

一个奇怪的家伙，一个艺术史家邀请我吃中饭，想跟我

---

1 多斯·帕索斯，美国上个世纪20年代"迷惘的一代"的重要成员、现代美国文学史上重要作家，著有《北纬四十二度》。——译注

谈论一个更为奇特的计划：由于战争不断发生，他把亚拉巴马所有入伍的画家都作了清点和登记，然后劝参谋部把他们都集中到蒙哥马利军营，给他们找了一个谷仓，让他们能在那里一起工作。那个叫欧内斯特·多恩的人对我说，艺术家们都在那里了，但两手空空，没有钱买材料。啊！我知道那些东西的价格。一想到那些年轻人会因为不能干活而荒废才能，我心里就很难受。

"可我一个子儿都没有了，甚至连一件值钱的东西都没有。"

"您，夫人？"

他似乎非常惊讶——我抓住他的胳膊，把他带到塞尔街的屋里，打开储藏室对他说："你自己拿吧。这里有20幅画，全都是你的了，属于你的那些年轻的艺术家了。我只有一个要求：这些画永远不能拿去展出，也不能转让。每个士兵可以拿到一幅画，但必须要用自己的劳动来换取。如果他们不愿意在别人的作品上修改，他们可以先刮掉我的画，然后在刮干净的画布上重新作画。"

我的要求太具体了，多恩先生不安地望着我说："可是，夫人，你在那上面画了些什么？"我说："我喜欢的一个地方，我恋爱的地方。"

他说："那个沙滩，好像……"

我说："我生活过的一个沙滩。"

在他离开之前，我要他陪我在我晚上散步的路上走一段。两个小女孩向我们迎面走来，聊着天，声音尖厉地吵起架来。来到我们身边时，其中的一个打量着我，突然用胳膊肘碰了碰她的朋友的腰，警告说："是她，就是她！妈妈说过的我们这个街区的疯子。"

....

我又主动回到了那个疯人院，独自一人。是为了看着你离开吗？前线也需要心理医生？医生，你太年轻了，你的蓝眼睛太蓝了，可不能葬身于炮弹底下啊！为什么男人们老是消失？我是因为你才回来的！

那个医生（很像厄比·琼斯）说："夫人，你应该知道，别的医生也会和我一样内行的。我们已经前进了一大步，我会把我的笔记本留给接替我的医生，把你的所有进步都告诉他。"

我说："别费劲了。"

那个虚伪的人紧张起来，眨着眼睛，说："你应该也知道，我并不是心甘情愿地走的。我的责任是呆在你身边，而不是上前线。"

他的声音哽住了，突然，他站了起来，要离开那个房间。他的白大褂在风中噼啪噼啪地飘动，好像船上的帆，又好像张开的降落伞。

谁会把我的兄弟们还给我？

谁会把姑妈还给我？她温柔的臂膀圆得像奶油球形蛋糕，她的皮肤是深咖啡色的，她的双手像棉花般柔软。我喜欢闻姑妈的腋窝，闻她的肩，她的胸前总是袒露着，看得见里面的新月形胸衣，因为她喜欢脱掉衣袖，说衣袖会让胳膊感到窒息，她的肉体是由漂亮的皱褶组成的，布满了滑石粉般细白的皱褶。我过去常在她怀里睡觉。我想睡了。把姑妈还给我吧！我想在她的怀里又变成一个小女孩。姑妈是我真正的母亲，但谁都不知道。我出生的时候，姑妈把我浸泡在一种神奇的牛奶中，让我永远不会变黑。我像所有的坏女孩一样，否认母亲，我成了那些白人种植主的女儿，法官和他有神经病的老婆的女儿，成了一个多嘴的八婆，一个谎话连篇的女人。我学会了假装爱别人。

把那些飞行员还给我。

把我的儿子还给我。我的儿子在我心中已经十五岁了，那是个英俊的年轻人，相信我吧！不，他父亲的失意并没有影响他：他谦卑的笑容是最完美的，是世界上最有人性的微笑。那是我的儿子。我的儿子。如果我更勇敢一些，如果我跟他父亲谈过，我就不会在那里了。

躺在电动弹子台上。

午夜十二点
00:00AM

亚拉巴马州，蒙哥马利，费尔德大街919号

2007年3月

在那栋红砖屋前，有一棵树，那棵巨大的玉兰树是泽尔达最后一次从欧洲回来时种的，枝繁叶茂，博物馆馆长说，那是一个伤口。他对我解释说，所有的玉兰树味道都很重——可我什么都闻不到——会结出有毒的果实，让你生病[1]。

我推测，泽尔达栽种这棵树的那天，应该是帕特里西娅·弗朗西斯的生日，她十岁生日。那棵大树给我的印象十分深。树冠下面的地面上落满了松针——那是热爱它并且懂艺术的园丁的杰作，他才不怕流出的毒液呢！帕特里西娅也死在这里，死在亚拉巴马州的蒙哥马利城，至今已经二十多年。玉兰树继续为她而生长，为了他们三人。

博物馆馆长迈克尔让我用他的通行证走进了泽尔达和司各特

---

1 木兰树有许多品种，博物馆门口的那棵，确如馆长所说，味道很重，他因此而不喜欢那棵树。

的公寓（博物馆位于一大片连续不断的建筑群当中），突然——我一走进去——看到金黄色的镶木地板，镶嵌着桃花心木、上了清漆的松木地板像镜子一样闪闪发亮，我的眼泪就冒了出来。它们哀伤的影子溜了进来，就像照在滑冰场上一样。书架也是桃花心木做的，镶嵌在壁板里。房间里空空的，除了一张维多利亚风格的沙发，好像是泽尔达亲自充填的。

还有浴缸：到处都有浴室，每间卧室的隔壁都有浴室——"包括仆人的卧室"，一个褪了色的搪瓷浴缸，里面的铜制水龙头由于年代久远已经发绿，这说明他家的仆人待遇不错，不像当地的其他仆人。三K党一直统治着这里，现在还很活跃。

迈克尔告诉我，很快就要举办一场纪念泽尔达的晚会，我得参加。我说好吧，然后逃进另一个房间，我想在司各特工作过的那个舞厅体验一下寂静。那个房间太大了，好像是挖出来一个洞，一个和办公室一样大小的凹室——是为了没那么害怕，我想，就像那些有钱人家的孩子，成天提心吊胆的，他们在自己巨大的房间里，急急忙忙支起一顶圆形帐篷，想把外面的世界都浓缩到那里。

屋子里面的装饰非常豪华，但已经过时，四周植物茂盛，一片寂静，它静悄悄的，使这个地方成了高速公路和环城公路之间的一个绿洲。在那里，我又想起了克林特·伊斯特伍德的一部很美的电影《善恶园里的午夜》。

我把车子停在屋后的一条小路上，不知道是否允许。迈克尔说，没问题，我停得很好。我想在花园里转一圈，和他谈谈树木的种类。各种树和花坛，也许都是泽尔达自己设计和栽种的。但迈克尔觉得没意思，并直说了。我谢谢他让我参观了这个地方：我还要赶路。

在100公里以外的地方，在费尔德大街和邓巴街的交汇处，我打开了装有1948年3月11日剪报的案卷。

《蒙哥马利导报》很有分寸，只在社会新闻栏发了一篇加边框的小短文。"昨天，正好是在午夜，泽尔达·塞尔，作家司各特·菲茨杰拉德的妻子，被发现死在北卡罗来纳州阿什维尔地区海兰医院的火灾中，她在那家医院治疗精神病已经十多年。我们的同胞们对她都很熟悉，她曾是她那一代人当中最漂亮的南方美女，而且是个小说家、画家、爵士时代人们的偶像。在20年代，泽尔达和她丈夫经历了辉煌。30年代中期之后，两人渐渐被人遗忘。"

《纽约先驱论坛报》就报道得更加详细一些："他们是最后一批浪漫主义者。继她著名的丈夫司各特之后，泽尔达·菲茨杰拉德昨天午夜也去世了，终年47岁。她是在阿什维尔地区海兰医院的精神病院的大火中丧生的。由于间隙性精神混乱，她在那里住了许多年……她和另外八名病人被关在最高一层，无法逃生，因为她的房门被锁上了，唯一的一扇窗也有挂锁。"

我的双手有些发抖。在我看来，在人们所遇到的死亡当中，在人们所拒绝的死亡当中，被火烧死也许是最悲惨的。人们就是用火来镇压反叛者、巫师和圣人的——那都是一些异常的人，是疯子。我从小就坚信，被木柴烧死的人，没等火烧到脚踝，他们就已经死了。痛苦使他们瞬间晕了过去，或者是火一烧起来，浓烟就已经把他们窒息死了。

我怎么也无法想象泽尔达遭此不幸的时候还有意识，无法想象当医院的警报响起来随后传来消防车的叫声时，她还醒着，头脑还清醒。我宁愿相信她已经睡着，在睡眠中被烟雾窒息。我宁愿她是吃镇静药死的，昏过去了，什么声音都听不到了，失去了知觉，心跳慢慢地停了，身体和思想都麻痹了，跌跌撞撞地缓步走向死亡。有人会说："她找到了平和。"我在死亡当中找不到任何平静，很久很久以来，它就是我内心的一个敌人。经历了那么痛苦和徒劳的搏斗之后，我可以考虑放弃，把投入敌人的怀抱当做是解决残酷疑难的一个办法。

泽尔达不可能被火烧死：她是蝾螈。这种神奇的想法，不但没有使我高兴，反而使我心情沉重。我犹豫不决，不知道该往哪里走：莫比尔还是亚特兰大？一头扎进南方之南方，最后深入到墨西哥湾，或很快浮出水面——回到文明当中？

十分钟前，电台开始用低频滚动播出一条令人不安的新闻，并不断插播最新消息，我没有听。是关于龙卷风的消息。

回到房间之后，我打开电视，电视也在播放警报，而且更严重、更长、更繁琐，就像在预告丧钟即将敲响。突然，大家都惊慌起来，频率加快了，一个数码混合成的声音要每个居民都到自己住宅的地下室去。那个年轻的女看门人在涂指甲，她的指甲太大了，占了整个指头的四分之一。"到地下室去。"她用南方人拖长的音调对我说。她说话时元音拖长，像阳光下的蜀葵，辅音却被偷吃了。"你呢？"她耸耸肩，无动于衷："我听到旋风到来的时候才下去。"

我开始领教亚拉巴马的天气了：它们就像泽尔达，刚才还阳光灿烂，眨眼间大雨就来了，然后刮起风暴，天昏地暗，好像世界末日到来一般。第二天，天又变得蓝蓝的——重要的是你还活着。

刮了19场龙卷风，在这期间，你可能会死，尽管我并不相信，但我对它们太不熟悉了，我又想起了那个那么不爱我的人。

当时我20岁，有个情人，他不想让我写作。那是个聪明的年轻小伙子，非常有学问。然而他相信月亮，喜欢摄影小说的蹩脚图片，反正是那类东西：情人之间应该分享一切，或者说，相爱就是融合，自给自足。

也许是为了给我的写作泼冷水，也许是为了让那种融合达到完美的境界，他让我读了他所喜欢的作者的书：威廉·福克纳，然后是卡森·麦卡勒斯[1]。"那是大手笔，"他对我说，"绝对的天才。"他不知道就此让我遇到了在我作为男人的一生中起着决定性作用的两本书。我想：两个兄长，两个参照物，两个和我相像的人。这两本书远没有把我压垮，而是给了我新的翅膀，用奇怪的讽刺，刺激而不是平息了我的写作欲。

还是他，在一个星光灿烂的夜晚，在前往卡普里的渡轮的甲板上，跟我说他很崇拜一对卓尔不群的夫妇，菲茨杰拉德夫妇。

---

1 卡森·麦卡勒斯（1917-1967），美国最重要的作家之一，著有《心是孤独的猎手》、《婚礼的成员》等作品。其中《心是孤独的猎手》被美国"现代文库"评为"20世纪百佳英文小说"。——译注

然而，尽管那个小伙子是那么杰出，他的妒忌心太强了，不明白这一明显的事实：司各特和泽尔达的故事是用来启发他的，暗示他，没有一个人能控制得住脾气——就像无法控制暴风雨、狂风和雷电一样。没有一个人，不管是心理医生还是气象学家，更不用说脾气像暴风雨那样暴烈的情人们了。

正好是在午夜12点，回响在蒙哥马利上空的警报声沉寂了下来，电台和电视台也恢复了正常的节目。

午夜12点，泽尔达吃夜宵的时间：在嫩菠菜上撒很多胡椒，倒点橄榄油，如果你愿意，再加几根百里香和迷迭香。在水晶杯里，倒上12度的香槟和你会讲的所有关于爱的语言。午夜12点，极度兴奋的时刻。

这里的风刮得很厉害，把声音吹走了，把说的话也吹走了，把弗雷瑞斯沙滩上弄得人们满嘴都是的沙子全都吹走了。这里的风把我赶走了。

永别了，泽尔达。这是一种光荣。

作者附记

《亚拉巴马之歌》是一本小说。如果说书中的许多人物与泽尔达·塞尔·菲茨杰拉德的亲朋好友或同时代的人有若干相似之处，对他们的描述和有关他们的故事则大部分都是我想象的产物。

　　同样，有关塔卢拉赫·班克黑德和姑妈朱丽娅这两个人物，我强化了她们的影响。"飞行员之子"和芒通那一段是我创作的；巴塞罗那的斗牛场、与海兰医院年轻的心理医生的对话以及所有医院里的场景也同样。还有与诗人勒内·克雷维尔的友谊，要知道，泽尔达和他完全可能在格特鲁德·斯泰因家里遇到过。在乔治五世旅馆放电影那一段也同样。

　　应该把《亚拉巴马之歌》当做一部小说来读，而不是因为泽尔达·塞尔·菲茨杰拉德是一个历史人物就把它当做是一部传记。

书信全部都是创作的，除了本书186页抄录的司各特给女儿的信和38页里所引用的信（"你死了，我也许会感到无所谓"），这封信明显改过，因为司各特是对他的作家朋友埃德蒙·威尔逊而不是对泽尔达本人的忏悔（见《给泽尔达的信和其他通信》，F. 司各特·菲茨杰拉德，Gallimard, 1985, F. 司各特·菲茨杰拉德的信，Gallimard, 1965.）。

在第二次世界大战中，泽尔达把自己的油画送给了蒙哥马利军营里年轻的艺术家们，这一奇怪的馈赠得到了两份未公开的法语资料的证实：《传播人类渴望：泽尔达·塞尔·菲茨杰拉德的艺术》，艺术类博士论文，卡罗琳·谢弗，Université de Caroline du Sud, 1994；《泽尔达图传——泽尔达·菲茨杰拉德的个人世界》，埃莉诺·拉纳汉主编，1996, Harry N. Abrams, Inc, New York.）。

至于童年时代和受教育的时期，我非常详细地查阅过南卡罗来纳大学网站的"司各特·菲茨杰拉德的世纪"和两部传记，这两部传记有相当大的篇幅论述泽尔达和司各特心理问题的起源：《泽尔达》，南茜·米尔福著，Stock，1973；《泽尔达和司各特·菲茨杰拉德，20年代的疯狂》，肯达尔·泰勒著，Autrement, 2002。

我对法国外交部司汤达行为委员会表示感谢，他们使我得以前往美国的最南部，前往亚拉巴马州和佐治亚州。

特别要感谢法国外交部写作与传媒司伊夫·马拜司长。

感谢法国驻亚特兰大总领事菲力蒲·阿达纳、驻亚拉巴马临时领事萨米亚·斯潘塞、驻亚特兰大文化参赞戴安娜·乔斯、驻纽约的文化参赞法布里斯·罗齐埃、蒙哥马利司各特和泽尔达博物馆馆长迈克尔·马克里迪以及奥本大学的珍·格拉瓦和琼斯·瓦内。

谢谢我的朋友爱娃·罗森贝格、埃莱娜·索托、达尼·索托。

特别特别要感谢亚特兰大的莱昂内尔·扎伊德和他的一家。

（保尔，坚持你认为正确的观点。我永远不会忘记你。）

"尽管我是个男人，
但我要再现她的声音"

勒鲁瓦访谈

胡：首先，一个也许有点可笑的问题：您是法国人吗？不知道为什么，中国有媒体说您是美国人。是因为您研究美国文学，这本书写的又是美国人，还是2006年美国人利特尔获龚古尔奖影响太大了？

勒：我是法国人。说得更确切点，是老家在巴黎的法国人。我的父母祖宗两代都是巴黎人，这是不多见的。我从小就读很多书，到了20岁的时候，我发现我受法国文学影响太深了，对外国文学却几乎一无所知。我想给自己打开世界的大门，于是开始涉猎外国文学。出于偶然，我看得最多的是美国文学，几年后，它对我来说已经跟法国文学同样重要了。我想，就写作而言，美国文学比法国文学对我影响更大，不知道为什么。我曾给戏剧导演阿尔弗雷多·阿里亚斯写过一个剧本，他有一天甚至说，我是个"美国作家"！他看起来是在开玩笑，其实是认真的。

胡：中国读者还不怎么认识您，您能简单介绍一下自己吗？

勒：我是个正常但有点受挫的男人。我生于巴黎近郊，小时候住在佣人房里，读了很多与年龄不相称的书。我是个好学生，一个忧心忡忡的孩子，16岁那年在列宁格勒遭遇了第一次爱情，爱上了一个比我大10岁的人，后来据此经历写了一本小说《俄罗斯情人》。1981年到1988年，我失去了全家人，也失去了一半朋友，他们都是被一种叫做艾滋病的新病夺走生命的。我一直在写作，如果说我小时候写的信也算是写作的

208

话。但我花了很长时间才明白自己想干什么。我在中学当过教师，在电视台当过记者，后来都辞了，专心写作。有一天，我收到出版家西蒙娜·伽利玛的电话，约我去谈谈，然后就签了出版合同。西蒙娜去世以后，她的女儿伊莎贝尔接管了出版社。我失去了生物意义上的家庭，但找到了文学上的家庭。这是一种十分奇怪和特别的感情。

胡：作为作家，您的一天是怎么过的？

勒：这要看我写书的进度。刚开头的时候，我很散漫，像疯子一样记笔记，但我没有严格的时间表，后来越写越快。我的生活很简单：早上6点左右起床（不需要闹钟），煮水泡茶，然后出去遛狗，把狗喂饱后，我便开始写作，一直写到筋疲力尽为止，通常要到下午一两点钟。如果天气好，我会在花园里弄弄花草，要不就打电话给朋友们，他们都很耐心地听我说话。谢谢他们。

胡：您是怎么会想起来写菲茨杰拉德夫妇的？他们的故事已为许多人所熟知，您就不怕重复别人？您觉得自己可以在哪些方面超过其他小说或传记？或者说，您书中的新意或特色在什么地方？

勒：接触美国文学之后，我很快就被司各特·菲茨杰拉德吸引住了，当然也包括他的妻子。他们两人的命运融为一体，难以分开。我从25岁起就迷上了这对夫妻。我知道总有一天，我会写写关于他们的什么东西，但并不知道会怎么写。两年前，我在书桌的抽屉里找到了一张他们两人的照片，这张照片使我深深地陷入了梦幻，这既是一个文学梦，也是一个充满激情的梦。于是我迈出了这一步，决定写这部小说。我很快就意识到，泽尔达比司各特更迷人。司各特也许在我年轻的时候让我着迷，因为我把自己想象成他。对一个想成为作家的年轻人来说，这是很自然的：怎么能不羡慕司各特的迅速成名，羡慕他嘈杂、极端也很危险的生活呢？但随着时间的流逝，人成熟以后，便喜欢泽尔达这个人物超过司各特了：我觉得她的命运太浪漫、太有悲剧性了。泽尔达毁了自己的一生，却没能实现自我价值，没有被当成一个作家或画家。从这个方面来看，她比司各特更有悲剧性。

　　我的这部小说的挑战性在于，把自己当做是泽尔达。尽管我是个男人，但我要再现她的声音，我在读她的文章、她的信件时我所想象、我所感觉到的声音。

　　我要写的是一部小说，而不是传记或是论著，所以我从来没有想过要跟众多写过菲茨杰拉德夫妇的传记作家和文论家相比。我把菲茨杰拉德夫妇当做是小说中的人物，像对待虚构的人物一样对待他们，有时忘了是真有其人。这并不难，因为事实与虚构往往混淆在一起。可以说，他们的生活如同小说，尤其是他们年轻的时候。

胡：在您看来，《亚拉巴马之歌》是一首颂歌还是悲歌？他们的悲剧是时代造成的，还是他们自己造成的？有人说： "他们自己折断了翅膀，自己毁了自己"。您同意这种说法吗？

勒：既是颂歌，又是悲歌，是的，我希望这样。我认为他们耗尽了自己的体力和才能。是这样。有一天，弗朗索瓦丝·萨冈对泽尔达和司各特的女儿司各蒂说： "说到底，您父母拥有幸福所需的一切，却做了种种事情让自己不幸。"话说得很朴实，但非常对。在这两个非常浪漫的人身上有一种 "可诅咒的东西"。

胡：许多人都认为，是泽尔达背叛了司各特，妨碍他写作，造成了他的毁灭。您颠覆了这种观点，您是想在书中还泽尔达以公正，揭开司各特的真面目？在您看来，泽尔达到底是个什么样的女人？您喜欢她身上的什么，或者说，她身上的什么东西打动了您？

勒：我想恢复一种平衡：司各特的许多朋友都痛恨泽尔达，而传记作家采访的往往就是他们，并且相信了他们对泽尔达的说法。他们的客观性和真实性值得怀疑！泽尔达身上的什么东西吸引了我，我一直都搞不清楚：写了这本书并不意味着洞穿了一切秘密。相反，有时会越来越糊涂。我想，我喜欢她的理由是多种多样的。有美学方面的原因，也有道德方面的原因，还有感情方面的原因……也许还有出自无意识的一些原因。我觉得她身上非常动人的一点，是她的性格力量，她的抵抗能力和她身上强烈的创作欲望。

胡：本书的结构非常特别，您循着什么节奏或者逻辑？

勒：我采取了快节奏，快得让人喘不过气来，就像书中人物的生活。他们全都那么年轻，那么匆匆。他们及时行乐，忘了储蓄，但他们也很快就失去了一切。为了重现那种热情和疯狂，我选用了很短的章节。还应该重现不稳定的感觉，在30年代他们就开始走向地狱了，泽尔达则发了疯。同样，我也采用了双重的时间线索：一方面按时间顺序，从他们相遇写到他们死亡；另一方面是泽尔达的口述和回忆。那是1940年她与一个年轻的心理医生谈话时说的，那个医生完全不知道菲茨杰拉德夫妇是什么人，也不知道泽尔达在成为他面前的这个过早衰老的丑老太婆之前是多么漂亮和出名。

胡：去年，我采访龚古尔奖评委会主席夏尔–鲁夫人时，她曾告诉我，这个奖可以改变一个作者或一本书的命运。您得奖之后有了什么变化？书卖了多少？多少国家购买了版权？

勒：是的，人们告诉我这会改变我的生活，但现在言之还太早。所谓的新生活，就是媒体的采访报道和法国疯狂的促销节奏。从1月份开始，我就要去国外了。我这个人，长期生活在孤独之中，突然遇到那么多人有时会让我目瞪口呆，我和他们其实并没有时间真正交谈。但这是我喜欢的一种快乐，一种能量。

　　书的总印数目前在26万册左右，但最好还是向我的出版人再核实一下。现在，这本书正在翻译成20种文字，俄国、欧洲和亚洲的许多国家都购买了版权。当然，我喜欢美国也能翻译出版。

胡：最后一个问题：您是否觉得法国当代文学和法国经济一样处于低潮？文坛缺乏像萨特和加缪那样的大作家，而且很多年没有得诺贝尔文学奖了；很多文学奖都被外国作家或移民作家捧走了，而且畅销的也往往是他们的书。在您看来，这是什么原因呢？您喜欢哪些当代作家？

勒：法国人往往毫无保留地欢迎用他们的语言写作的外国作者，并且尊敬他们，给他们以荣誉。上个世纪就有许多母语不是法语的"法国"大作家，如贝凯特、尤内斯库、齐奥兰等。

确实，今日的法国文坛缺乏能与加缪和萨特媲美的作家，加缪和萨特已经在全世界真正得到了承认。不过，在我的同辈人当中，我也喜欢一些"走自己的路"的作家，比如莫迪亚诺。我得承认，我非常怀念最近去世的一些作家：乔治·佩雷克、克洛德·西蒙（法国上一个获诺贝尔文学奖的作家），尤其是玛格丽特·杜拉斯。

在我同龄人当中，我最喜欢的作者……是美国人！他叫布雷特·埃斯顿·埃利斯，他在当代再现了我们这个时代的神话，那种才能和能力让我敬佩。

本书中文版出版前夕，译者对作者进行了专访，本文为专访的主要内容。

译后记

早在获奖之前，这本《亚拉巴马之歌》就已经摆在我的案头。但我没有细看，法国秋季书潮一下子涌现了六七百本新小说，面对铺天盖地的信息和每天大包大包寄来的新书，说实话，我有些无所适从。我更多地把目光投向我所熟悉的、也是今年龚古尔奖获奖呼声最高的两个名作家——阿梅丽·诺冬和菲力蒲·克洛岱尔。直至这个"国王"（勒鲁瓦Leroy在法文中与"国王"le roi发音相同、拼写相近）击败所有竞争对手，一举夺得法国最重要的这个文学奖时，我才开始认真阅读这本带有浓郁美国色彩的小说。事后，我对作者表示了歉意，说自己其实挺俗的。作者却宽容地说：这很正常。他自己也没想到自己真能得奖。获奖前一天，他还在家中的花园里种树呢！

　　《亚拉巴马之歌》写的是20世纪美国著名作家司各特·菲茨杰拉德和他的妻子泽尔达的故事。这个题材很讨巧，因为菲茨夫妇太有故事了，而且太浪漫、太曲折、太动人，大喜大悲，大起大落，哪怕由一个三流作者写出来也会有人看；然而，对一个真正的作家来说，这却是一个危险而富有挑战性的题材：半个多世纪以来，这对"疯狂鸳鸯"的故事不知有多少人写过。如何写出新意？如何突破？尤其当这个作家又是外国人时，这种挑战就显得更加严峻。

勒鲁瓦的聪明之处在于，他首先选择了一个独特的角度，他没有像以往的大多数作者一样平面地或主要从司各特的角度来讲述那段故事，而是把自己想象成泽尔达，以她的口吻来叙述她和菲茨的故事，用她的眼睛来看待那个疯狂的年代，以她的心来体验和感受她那暴风雨般的激情和撕心裂肺的痛苦。这就使得作者不但更容易挖掘和把握人物的复杂心理，抒发其丰富的内心感情，也必然更多地把天平倾向于泽尔达，从而颠覆人们对菲茨杰拉德夫妇的普遍看法。在勒鲁瓦的这本书中，泽尔达不再是一个轻浮、浅薄、自私、爱慕虚荣、无理取闹、破坏丈夫创作、影响其前途的疯子，而是一个文学天才。"写作，我懂……我懂得比他早。早在他在第一个本子上的第一页写下第一笔之前，我就懂得如何写作了。" 当司各特灵感枯竭，多年写不出一部作品，她却两个月就写出了那本著名的《留给我这曲华尔兹》。她不但是司各特创作的源泉，更是他写作的素材，司各特参考甚至直接抄袭她的日记和书信，还采取欺骗的手段在她的作品中署上了自己的名字。泽尔达悲愤地喊出："她那个当作家的主人好像认为，婚约意味着丈夫可以剽窃妻子的东西。"

没错，是泽尔达首先红杏出墙，但那是因为她后来发现，她在司各特那里得到的并不是真正的爱情，"司各特和我，我们彼此需要，两人都在利用对方来达到自己的目的"，"爱情，对我来说，只持续了一个月"，那就是与法国飞行员在弗雷瑞斯沙滩度过的那个月。她抽烟、喝酒、走私，当着男孩的面裸泳，还做过比"穿着透明的裙子下水坏一百倍的事。我在曼哈顿所有俱乐部的每张桌子上都跳过舞，裙子掀到了腰部，我高高地架着双腿，当众抽烟，嚼口香糖，喝酒醉得滑到了阴沟里"。在一个妇女尚未走出家门、只能在家中做家务带孩子的时代，她的这些举动显然是对旧习俗、旧道德的一种反叛。她不要父母介绍的"有前途"的未婚夫，而是勇敢地追求自由和爱情，发出了妇女解放的信号。然而，她"最后被困在病房里，变成一个断腿女人，穿着束疯子的紧身衣"，不许参加自己的画展，接受种种非人道的治疗，这种悲剧无疑是对那个男权社会的控诉。

从写作的角度来看，这种对前人的"颠覆"不但"颠"出了小说的思想深度和批评精神，也"颠"出了新意，一个全新的、立体的人物形象跃然纸上。泽尔达有理想、有追求，面对司各特的抛弃、"偷窃"和禁锢，她奋起抗争，谋求独立，写作、画画、学习舞蹈。她很坚强，抱怨、仇恨和指责司各特，但当司各特去世时，这个"怨妇"却又旧情不忘，只念他的好，"我的司各特……别走，留下来陪我。你为什么要走？……你答应过我们将呆在一起的！……如果你死了，如果你真的死了，我也会死的。"她发现，司各特"是一个让人无法生气的王子"，并开始反思："是我误解了生活，还是我愚蠢的骄傲毁了自己的一生？"

为了塑造好这个人物，作者查阅了有关菲茨杰拉德夫妇的大量资料，阅读了他们的所有作品，还实地走访和考察了他们生活过的地方，参观了他们的住所和博物馆，以至于作品完成后，他还深陷其中，久久不能走出故事，仿佛自己真的成了泽尔达。这种情绪深深地浸透在作品的字里行间，构成了小说的独特魅力。

《亚拉巴马之歌》不是一部传记，也不是在通常意义上的小说，而是一部"真实＋虚构的小说"，所以有着得天独厚的优势：它比传记有更大的自由度，比小说有更强的可信性。作者没有不顾历史事实随意编造，而是在充分掌握事实的前提下勾勒自己心目中的形象。他选择了菲茨夫妇真实故事中最出彩的部分，然后在此基础上发挥自己的想象，虚构合理的细节来完善整个故事。这种有目的的取舍和巧妙补充，使书中鲜有杂质，留下的尽是精华。这部作品篇幅不长，但跨度很大，人物不少，事件却很多。它呈线性发展，但一波三折，回忆、插叙、倒叙颠倒了时空，使结构具有立体感。小说的节奏很快，章节很短，暗示着一个剧变中的社会，也象征着主人公短暂而跌宕的人生。作者很快就把读者带进了故事，时而跳跃，时而空白，最后，作者本人也走进了书中，从第三人称的角度再作解释和说明。于是，书里书外，台前幕后的一切都呈现在读者面前，增强小说的现代性和真实感。

值得注意的是，书中涉及到的许多历史人物都使用了真名，如塔卢拉赫、莉莲·吉什、威尔逊等，唯有海明威用了化名。是因为海明威名声太大，得罪不起，还是对有关的事实拿捏不准？但从那个绰号来看，作者对海明威确无好感。事实上，书中的海明威是个十分可憎的小人，"这个胖子只有一个目的：从司各特那里夺得荣誉"，然后诽谤他昔日的朋友和保护者。他极度仇视泽尔达，挑拨菲茨夫妇的关系，以达到其不可告人的目的。

本书在翻译过程中得到了作者本人的鼎力相助。面对译者开列的长长的单子，勒鲁瓦先生在圣诞假期放弃休息，不厌其烦地作了解释，有的甚至反复解释了好几遍。在此表示由衷的感谢。

译　者

2007年12月29日

（京权）图字：01-2008-0903

图书在版编目（CIP）数据

亚拉巴马之歌/（法）勒鲁瓦著；胡小跃译.-北京：
作家出版社，2008.4
ISBN 978-7-5063-4278-0

Ⅰ.亚　Ⅱ.①勒　②胡　Ⅲ.长篇小说-法国-现代
Ⅳ.I565.45
中国版本图书馆CIP数据核字（2008）第038113号

Gilles Leroy: Alabama Song
© Mercure de France, 2007
Traduit par Hu Xiaoyue

 策划：猎文文化发展有限公司

本书版权由法国嘉文版权代理责任有限公司代理
（Garance Sun SARL）

亚拉巴马之歌

作者：〔法〕吉勒·勒鲁瓦
译者：胡小跃
责任编辑：启　天
装帧设计：视觉共振设计工作室
出版发行：作家出版社
社址：北京农展馆南里10号　　　邮编：100125
电话传真：86-10-65930756（出版发行部）
　　　　　86-10-65004079（总编室）
　　　　　86-10-65015116（邮购部）
E-mail:zuojia@zuojia.net.cn
http://www.zuojia.net.cn
印刷：紫恒印装有限公司
成品尺寸：152×230
字数：100千
印张：14
版次：2008年4月第1版
印次：2008年4月第1次印刷
ISBN 978-7-5063-4278-0
定价：28.00元